못 죽

못
죽

—

강 미 단편소설집

실천문학

차
례

매직 아워	009
섬의 섬	039
안녕, 작은 서지영	067
송별	093
환승	123
못 죽	153
황금 잉어	183
리유화는 모른다	211
해설 허희	237
작가의 말	255

매직 아워

드르륵드르륵 턱, 길바닥을 울리던 소리가 멈췄다. 은결은 캐리어에서 손을 떼고 주위를 두리번거렸다. 나무 그늘에 낮은 가게들이 늘어섰고 숲이 끝나는 지점에 저수지 일부가 보였다. 어슴푸레한 대기를 딛고 붉은 노을이 하늘을 물들이고 있는 쪽이었다. 은결은 무의식적으로 손톱 끝을 씹으며 간판들을 바라보았다. 목적지인 '만평 국수'는 상가 제일 끝, 저수지 가장 가까운 곳에 있었다. 웃음이 슬며시 나왔다. 만평 저수지는 얼마나 넓은지 몰라도 가게는 만 평은커녕 백 평보다도 작아 보였다.
"민은결? 맞아?"
말소리를 따라 뒤돌아보니 중키에 펑퍼짐한 여자가 서 있었다. 은결은 큰이모가 어릴 때 보았던 외할머니와 똑같이 생겨 놀라고 엄마보다 훨씬 늙어 보여 다시 놀랐다. 큰이모는 은결의 아래위를 훑어보며 시크하게 말했다.

"새침데기 계집애였는데, 많이 컸다. 길에서 만나면 못 알아보겠어. 잘 찾아왔네. 들어가자."

은결은 손가락을 물어뜯으며 큰이모 뒤를 따랐다. 은결이 지낼 방은 주방 뒷마당에 있었다. 좁은데다 한쪽에 국수 박스까지 쌓여 있었지만, 찬밥 더운밥 가릴 처지가 아니라는 것쯤은 알고 있다. 은결은 저녁부터 먹자는 큰이모 말에 캐리어만 밀어 넣고 돌아섰다.

불고기는 달콤하고 오이냉국은 시원했다. 은결은 큰이모를 곁눈질하며 먹는 속도를 맞추었다.

"편하게 먹고 편하게 생각해. 나도 그럴 거야. 반찬이 입에 맞는지 모르겠네."

"맛있어요. ……국수 먹을 줄 알았어요."

큰이모가 재밌다며 웃어서 은결은 다소 마음이 느긋해졌다. 그래서 큰이모의 잇따른 질문도 탁구공 넘기듯 짤막짤막하게 답할 수 있었다.

"……혼자 지내세요?"

숟가락을 놓으며 은결이 조심스럽게 물었다. 한 달 동안 지내려면 알아야 할 정보이기도 했다.

"네 이모부 일찍 세상 뜨고 애들, 학교며 직장으로 떠난 뒤부터 그렇지. 올해 십 년째."

국수 장사로 아들 둘을 의대로 보냈다는 얘기는 엄마에게 들었다. 그때 엄마는 은결에게 좋은 얘기만 하고 싶었는지 대단한 언니, 대견한 조카들이라고 했다.

"근데 너, 볼수록 네 엄마 닮았어. 반달눈썹에 쌍꺼풀, 아래턱이 조금 나온 것까지."

"어, 엄마랑요? 저는 잘 모르겠는데……"

은결은 초등학교 2학년 때 헤어진 엄마를 얼마 전에 다시 만났다. 부모가 이혼하면 애는 대개 엄마가 키운다는데 은결은 아빠와 남게 되었다. 요리와 청소를 빨리 익혔으나 자주 굶고 늘 외로웠다. 아침마다 집을 나가고 저녁이면 돌아오는 아빠는 은결의 언어와 은결의 성장에 관심이 없었다. 늘 무언가에 화난 것처럼 보였는데 은결이 집안일을 점점 많이 해도 표정은 풀리지 않았다. 아빠는 필요한 물건과 돈을 정기적으로 제공했고 은결도 그게 아빠의 역할인 줄 알았다. 은결은 혼자 초등학교와 중학교를 졸업하고 고등학교에 입학하면서 다들 그렇게 지내려니 했다.

그러다가 두 달 전 아빠 차가 덤프트럭과 충돌하는 사고가 났다. 여러 번 수술 끝에 아빠는 중환자실에 있고, 누가 어떻게 연락했는지, 먼 도시에 사는 엄마가 나타났다. 데면데면하고 어색한 사이를 녹일 틈도 없이 엄마는 경찰서와 병원을 바쁘게 오갔다. 엄마는 아빠 친척이 하나도 없으니

딱하다고 했고, 아빠 과실이 많아 수습이 힘들다고 했다. 돈 벌어 다 뭐 했는지 모르겠다, 병원비가 쌓이는데 언제까지 버틸 수 있을지 걱정이라고도 했다.

큰이모가 낮은 한숨을 쉬며 말했다.

"에휴, 아파트까지 내놓고…… 그저 착해 빠져서……."

누구를 두고 하는 말인지 모르겠지만 은결이 많이 들었던 말이기도 했다. 무슨 일이든 가만히만 있으면 착하다고 했으니 착하게 살기는 은결에게 가장 쉬운 일이었다.

"은결아, 네 엄마도 힘들 거야. 그쪽 가족도 준비가 필요할 테고. 네 엄마 말처럼 2학기에 가는 걸로 하고 여름방학은 여기서 지내. 음…… 사람 목숨은 하늘에 매인 일, 아빠 생각도 조금만 해. 너를 봐서라도 험한 일은 안 생길 거야."

울컥 눈물이 날 것 같아 은결은 고개만 끄덕였다. 그동안 아빠는 물론 갑자기 나타난 엄마도 은결에게 상황을 설명하거나 양해를 구한 적이 없다. 학교에서도 존재감이 없어 선생에게 이름 불릴 일 없고 점심도 혼자 먹었다. 아빠가 병원에 있다고 해도 은결의 일상을 달라질 게 없었는데 방학과 동시에 짐을 싸야 했다.

집이건 학교에서건 상황대로 스며들었던 은결은 사흘 만에 만평 국수 식구가 되었다.

새로운 일상은 아침노을이 퍼질 무렵 시작되었다. 점심

시간만 도우라고 했지만, 은결은 새벽시장에서 돌아오는 큰이모 기척이 들리면 뒷마당으로 나갔다. 수돗가에 산더미로 부려진 각종 채소를 다듬고 열무김치 담그는 일을 도왔다. 맛국물을 만들고, 콩나물을 삶아 식히고, 오이를 채 썰고, 달걀을 삶은 뒤 아침밥을 먹었다. 이런저런 말을 곰살맞게 주고받는 건 아니었지만 은결은 그럭저럭 큰이모의 짝이 되었다.

인스턴트커피를 마시며 한숨 돌리고 나면 11시, 파트타임으로 일하는 김 언니와 박 언니가 출근했다. 두 사람은 큰이모보다 젊었지만, 사장이든 종업원이든 상관없이 서로 언니라고 부르는 통에 은결도 김 언니, 박 언니로 불렀다. 엄마보다 나이가 많은데 언니라고 부르는 게 어색했지만 곧 익숙해졌다.

만평 국수가 아니라 대박 국수라는 우스갯소리를 실감했다. 메뉴는 열무국수, 열무 비빔국수뿐이었는데 손님들이 밀려드는 게 신기했다. 사람들이 어디에 모여있다가 한꺼번에 들어오는지, 12시가 되기 전에 테이블이 차고 대기 줄이 생겼다. 큰이모와 김 언니는 주방에서, 은결과 박 언니는 테이블 사이에서 그야말로 눈코 뜰 새 없이 바빴다. 은결은 난생처음 소리 높여 물 둘, 비 셋 같은 말을 외쳤고 국수 양푼을 우당탕 설거지했다.

만평 국수는 물과 커피와 함께 계산도 셀프였다. 손님이 직접 현금을 통에 넣거나 신용카드를 긁었다. 벽에 붙여둔 큰이모 계좌번호로 송금하기도 했다. 단골손님들은 당연히 여겼고 처음 오는 사람은 긴장했다. 그들은 혹시라도 오해받을까 봐 넣었다고, 부쳤다고 확인해 보라고 했다.

"장 언니 그만두고 사람 못 구해 힘들었는데, 하늘이 날 돕나 봐."

"요즘 애들 같지 않게 척척, 손이 빠르고 힘도 좋아요."

"맞아요. 새벽에 못 나올 형편이라 미안했는데 조카 덕분에 우리도 마음 편해요."

혼자 있으면 더디 흘러가는 시간이 함께 일할 때는 꼬리를 내리며 금방 지나가 주었다. 오후 3시, 만평 국수가 문을 닫는 시간이다. 언니들은 안팎 뒷정리로 여전히 바쁘지만 은결은 퇴근이다. 새벽부터 일했으니 하루치 노동으로 넘친다며 큰이모가 정한 룰이었다. 은결은 땀에 젖은 몸을 씻고 기다렸다는 듯 찾아온 잠에 스르르 빠져들었다. 어떨 때는 너무 피곤해서 에어컨만 켜고 방바닥에 널브러지기도 했다.

***

20일째, 큰이모에게 두 번째 돈 봉투를 받았다. 일한 만큼이라지만 지난번처럼 금액이 꽤 컸다. 받아도 되나 하는 생각이 여전하고, 큰이모의 이상한 계산법을 물어보고도 싶었지만, 은결은 몸에 밴 습성으로 고개만 끄덕였다.

  아직 햇빛이 쨍쨍했지만, 은결은 밥상 앞에 앉았다. 새벽부터 움직이다 보니 저녁밥을 빨리 먹는 것도 익숙해졌다. 큰이모와 함께 지내니 삼시세끼가 정확했다. 굶거나 햄버거로 때우던 예년의 방학과는 달랐고 매번 양껏 먹는데도 살이 빠졌다. 큰이모는 턱선이 살아나고 목이 쭉 빠지니 더 예뻐 보인다고 했다. 김 언니와 박 언니도 그렇다고 했지만 은결은 예쁘다는 말이 낯설고 어색했다. 그래도 캐리어에 넣어 둔 돈봉투처럼 마음이 든든하긴 했다. 오다가다 거울을 만날라치면 잠시 멈추기도 했다.

  설거지를 마친 은결은 숲을 지나 카페 2층으로 갔다. 언제나처럼 카푸치노를 주문했다. 거의 유일한 지출항목이지만 아깝지 않았다. 오늘도 은결은 저수지가 한눈에 내려다보이는 자리에 앉아 손톱을 잘근잘근 씹으며 노을을 기다렸다. 휴대폰이 여러 번 울렸지만 가장 좋아하는 풍경에 집중했다. 멀리서부터 천천히 움직이던 노을이 삽시간에 가까운 하늘을 물들였다. 잠시 뒤 저수지까지 집어삼켜 하늘과 물의 경계가 사라지고 거리가 아득해졌다. 이 순간만큼은 이름에 걸맞게 만평 아니 그 이상으로 넓어 보였다. 어제처럼 가슴 부근이 일렁거리면서 두 줄기 눈물이 볼을 탔다. 눈물은 외롭거나 슬플 때와 마찬가지로 장엄한 풍경을 볼 때도 찾아오는가 보았다. 은결은 손등으로 눈물을 닦았다.

환상 같은 붉은 기운이 삽시간에 옅어졌다. 노을이 물러나고 점점 어두워가는 저수지를 내려다보며 은결은 물기가 송송 맺힌 유리컵을 들었다. 거품이 내려앉은 카푸치노를 천천히 마신 다음 휴대폰 문자창을 열었다. 신경은 바짝 서 있으면서도 일부러 늦게 확인하기, 필요할 때만 찾는 엄마에게 은결이 할 수 있는 최소한의 반항이었다.

- 방송국은 오케이. 그거 아무나 되는 거 아냐. 아빠랑 네 주변 다 알아봤겠지. 그동안 착하게 살았으니 기회가 주어진 거야.
- 큰이모한테 얘기 안 했더라. 방금 통화해서 촬영 들어갈 거라 했어.
- 작가가 먼저 가기로 했으니 그리 알아. 연락 갈 테니 작가 번호 입력해 두고. 걱정하지 마. 시키는 대로만 하면 된대.

눈으로 읽긴 했으나 머리에 닿기 전에 글자들이 허공에 흩어졌다. 내용을 모르겠다는 게 아니라 마음이 내키지 않았다. 여태까지 무슨 일이든 그냥 끌려갔지만, 그게 은결의 삶이기도 했지만, 방송 촬영은 상상도 못 한 일이었다.

얼마 전 사연이 채택될 것 같다는 엄마 말에 방송을 보긴 했다. 공영방송에서 주말 저녁에 방영되는 〈함께 가는 길〉은 겹치기 불행으로 힘겹게 살아가는 사람의 사연을 소개하여 시청자들의 후원을 끌어내는 프로그램이었다. 은결이 본 편은 온몸에 화상을 입은 남자애가 주인공이었는데 모자원이라는 시설에 지내면서도 밝고 열심히 살아가는 엄마와 누나가 조명되었다. 프로그램은 취지에 맞게 잘 만든 것 같았다. 특히 초등학교 5학년인 누나가 늦게 퇴근하는 엄마를 위해 어설프게 김밥을 마는 장면, 성형수술을 앞둔 동생이 잘 이겨 내겠노라고 다짐할 때는 은결도 눈물이 나고 후원하고 싶어졌으니 말이다.

은결은 아빠와 자신의 이야기를 방송용으로 상상해 보았다. 아파트로 다시 가야 하나, 담임과 반 애들은 인터뷰에 응해 줄까, 만평 국수도 나오는 걸까, 엄마와 엄마 집도 촬영하나…… 이런저런 생각에 빠져 있던 은결은 아얏, 소리를 질렀다. 손톱을 물어뜯지 않겠다고 큰이모와 약속했는데 무의식적으로 생살까지 씹었나 보다. 약지에 맺힌 피를 물끄러미 바라보는 중에도 머릿속은 왕왕거렸다. 엄마는 어떻게 방송국에 사연 보낼 생각을 다 했을까, 아파트를 팔아도 병원비 감당이 안 되는 걸까…… 은결은 머리를 흔들며 벌떡 자리에서 일어났다.

 다음 날, 전쟁 같은 점심 장사를 마치고 앞치마를 벗으려는 순간이었다.
 "혹시 민은결 학생? 맞죠? 안녕하세요."
 혼자 비빔국수를 시켰던 젊은 사람이었다. 다 먹고도 계속 앉아 있어서 이상했는데 다른 용무가 있었던 모양이었다. 은결은 엉겁결에 고개를 숙이며 단발머리 여자에게 받은 명함을 보았다. 방송국 로고와 함께 '작가 최윤슬'이라고 적혀 있었다. 은결은 휘둥그레진 눈으로 명함과 단발머리를 번갈아 보았다.
 "최 작가라고 불러 주세요. 미리 은결 학생 만나고 동네도 볼 겸 내려왔어요. 사전 인터뷰로 생각하면 돼요."
 명함과 최 작가를 힐끔거리던 김 언니가 끼어들었다.
 "와, 우리도 드디어 맛집 촬영하는 거예요? 사장님, 웬일이시래, 온갖 방송국 다 거절하더니……."
 "저 저, 김 언니, 또 앞서간다."
 큰 소리와 함께 큰이모가 주방에서 나와 은결 옆에 섰다. 최 작가가 건네는 명함을 보는 둥 마는 둥 하더니 말을 이었다.
 "은결아, 네가 오시라 했어? 하기로 한 거야?"
 심상찮은 분위기를 느꼈는지 최 작가가 당황하며 말했다.

"아, 아침부터 계속 전화하고 메시지도 남겼는데…… 어머니께서 가면 된다고 하셔서…….."

"애 엄마야 뒤로 숨으면 그뿐이니 쉽게 생각할 수 있죠. 방송 출연할 사람 의사를 확인하는 게 먼저인 거 같은데, 이렇게 불쑥 나타나면……."

"죄송합니다. 제가 부족했습니다."

최 작가가 고개를 깊이 숙이며 말했다. 너무 깍듯한 바람에 큰이모가 멈칫했고 끼어들 포인트를 노리던 김 언니도 당황했다. 논란의 중심에 선 것만 같은 은결은 다시 애먼 손톱을 물어뜯었다. 냉랭하고 애매한 분위기를 바꾼 건 눈치 9단 오지라퍼 박 언니였다.

"에이, 나쁜 사람 아니구먼. 일단 앉아요. 사장님, 멀리서 오신 분인데 용건이나 들어 봐요. 커피 내올게. 은결아, 너도 여기 앉아."

그쯤 되니 큰이모도 어쩌지 못하고 최 작가에게 건너편 의자를 가리켰다.

어색했던 분위기는 수박과 냉커피를 먹고 마시는 동안 사르르 녹았다. 은결은 듣고만 있었지만, 여자 어른들은 금방 웃고 떠들었다. 나이 차이에도 불구하고 최 작가는 스스럼없었다. 나이와 옷차림에서 시작된 이야기가 열무국수 대박 비결, 만평 저수지 등으로 휘돌았는데 최 작가의 질문에 만평 국수 식구들이 자부심을 담아 대답했다.

"셀프 계산이 놀랍네요. 키오스크 쓰시면 되는데, 요즘엔 테이블마다 놓는 것도 있어요. 아무래도 악용하는 사람이 있죠? 아까 저도 보니까……."

"아, 그건 우리 사장님 철학이야. 사장님, 말해 봐요."

최 작가와 김 언니의 말에 큰이모가 겸연쩍어하며 입을 열었다.

"철학은 무슨…… 별 뜻 없어요. 젊어 그런지 우리 아들도 작가님과 똑같이 말하긴 해요. 그런데 기계도 다 돈인데 이깟 국수 얼마나 한다고 그걸 설치하나. 국숫값 속이는 사람 없지만, 국수 사 먹을 돈도 없는 사람이라면 여기서라도 편하게 먹었으면 해. 그, 키 뭔가 하는 기계 들이는 돈보다 사람이 먹는 게 더 나은 게 아닌가 해서……."

"그런 쪽 단골손님 많다는 얘긴 안 하시네."

박 언니가 덧붙였다. 은결도 큰이모에게 계산 없이 나가는 손님을 일러바친 적이 있다. 그때 큰이모는 매번 그러지는 않는다고, 모른 척하라고 당부했다. 최 작가는 연신 고개를 주억거리며 큰이모가 존경스럽다고 했다.

분위기가 무르익어 방송국이며 연예인으로 흐른 이야기가 한참 만에 〈함께 가는 길〉로 닿았다.

"나도 자주 보는 프로야. 나오는 사람도 착하고 도와주는 사람들도 다 착해. 세상 아직 살 만하다 싶더라. 근데 촬영 그거 어렵지 않나?"

그새 친해졌다고 김 언니는 반말을 했다. 하지만 최 작가는 아랑곳하지 않고 말을 받았다.

"금방 익숙해져요. 대본도 일부 나가고요."

"그냥 자연스럽게 찍는 거 같더니, 미리 짬짜미하는 건가?"

이번엔 큰이모가 말했다.

"아무래도 시간은 짧고 목적은 있으니까요."

"목적? 최대한 불쌍하게 보여 최고로 동정을 얻게 한다?"

큰이모 말이 떨어지자마자 박 언니가 눙치듯 말했다.

"아따, 오늘따라 우리 사장님 왜 그러신대요? 아빠 살리겠다는 건데······."

"현대판 심청이 만들려고? 아버지 눈 뜨게 하려고 인당수 뛰어드는 거 같잖아."

큰이모였다. 웃고 떠든 시간을 뒤로 하고 말이 삐딱선을 탔다.

"아직 결정 난 건 없어요. 저는 그냥 사전 탐색차 나온 거고요. 올라가 회의 거쳐서 최종적으로 결정합니다. 그 사이 피디도 내려올 수 있고요. 아, 이건 어디까지 당사자가 출연 의사를 밝힌 후의 진행 과정이에요. 그런 일은 없어야겠지만, 촬영해 놓고 방송 못 나가는 일도 있어요."

매직 아워

"암만, 우리나라 제일 큰 방송국이 하는 일인데 어련하겠어? 에고 저 답답이. 은결아, 얼른 한다고 그래. 네 덕에 우리도 방송 한번 타 보자."

김 언니는 기대가 큰 모양이었다. 은결은 저녁노을 앞에 선 것처럼 머리가 텅 비고 입이 열리지 않았다. 그동안 어떤 일이든 스스로 결정해 본 적이 없다. 집에서든 학교에서든 은결의 생각을 묻는 사람도 없었다. 은결은 늘 가만히 있었고 자연스럽게 착한 아이가 되었다.

은결을 보던 최 작가가 큰이모에게 말했다.

"제가 하루 정도 있으면서 얘기를 더 해 보면 어떨까요? 은결 학생 생각은 그다음에 들어도 될 거 같은데요."

"음, 민은결, 그렇게 할래?"

갑자기 날아든 말에 은결은 엉겁결에 고개를 끄덕였다.

밤새 뒤척이다가 겨우 잠들었던 은결은 밖에서 들리는 소란에 눈을 떴다. 여름 햇살이 벌써 방을 채우고 있었다. 은결은 커튼 뒤에 서서 뒷마당을 쳐다보았다. 큰 함지박 여러 개를 사이에 두고 큰이모와 최 작가가 열무를 다듬고 있었다. 이렇게 일찍부터 나타날 줄은 몰랐다. 어제 서울로 가지 않고 가까운 데서 잤나 보았다. 지금 담는 열무는 사흘 뒤에 쓸 거, 이런 걸로 세 통 정도라고 말하는 큰이모 말이

들렸다. 큰이모의 말투가 어제와 달랐다. 가끔 아들과 통화할 때처럼 부드러웠고 그래서 낯설었다. 하룻밤 만에 무슨 일이 있었던 건지, 어른들의 세계란 참 이해할 수 없다. 은결은 일복으로 갈아입다 말고 창문 옆에 바짝 붙었다. 은결이 엄마,라는 말이 귀에 꽂혀서였다.

"걔는 나와 달라. 자랄 때부터 활달하고 꿈이 컸지. 실패를 많이 했는데 재기도 잘해."

"은결이는 엄마를 안 닮았나 봅니다."

"오랜만에 만나보니, 겉은 닮았는데 속은 완전 제 아빠야. 착하고, 자기주장 없고, 조용하고."

"서로 안 맞아서 결국……."

"은결 엄마 성격이 그래, 확 불붙어 앞뒤 안 재더니만…… 지금 제부랑 사달이 난 거야. 내 동생이지만, 보고 있으면 불안불안해. 최 작가, 거기 큰 통 이쪽으로 넘겨 줘요. 맞아, 그거."

은결이 뒷마당으로 나가니 큰이모는 함지박을 씻고 최 작가는 수돗물을 흘려가며 뒷정리를 하고 있었다. 최 작가가 환하게 웃으며 잘 잤냐고 물었고 큰이모는 김치 통과 씻어 놓은 채소들을 눈으로 죽 가리켰다. 뒷마당 일이 다 끝났다는 뜻이다. 은결은 고개만 숙이고 주방으로 들어갔다.

글만 쓰는 줄 알았던 최 작가는 식당 일에도 능했다. 20

대부터 알바로 단련된 몸이라는 게 농담이 아니었다. 주방과 홀을 스캔하듯 둘러보더니 금방 김 언니, 박 언니 모드가 되었다. 며칠 동안 버벅거렸던 은결과 달리 최 작가는 자기 가게인 듯 척척 움직였다. 덕분에 테이블 회전 속도가 빨라지고 대기 시간도 짧아졌다. 손님이 썰물처럼 빠져나가고 난 뒤에도 덜 피곤했다.

설거지까지 마치고 냉커피를 든 채 테이블에 앉았다. 주문 실수며 손님 뒷담을 함께 나누는 최 작가는 영락없는 만평 국수 식구로 보였다. 어제 이 시간에 처음 만났다는 게 상상이 잘되지 않았다. 24시간 만에 벌어진 변화라는 게, 눈앞에 보면서도, 믿을 수 없었다.

다시 가게 문을 열고 들어갔을 때 최 작가는 노트북 작업을, 큰이모는 텔레비전을 보고 있었다. 은결이 방에서 쉬는 동안 최 작가는 계속 가게에 있었나 보았다. 사실 쉬지는 못했다. 간밤부터 계속 유튜브를 봤다. 평소엔 그냥 넘어갔을 공익 방송 위주였다. 생리대 살 돈이 없는 여학생, 집이 없어 떠도는 형제, 암 투병하는 어린아이, 할머니를 도와 휴지 줍는 손자…… 은결은 몇 번이고 눈을 슴벅거리며 천진하면서도 슬픈 얼굴들을 보았다. 화면 속 얼굴을 자기 얼굴도 바꿔 보기도 했다.

"아, 은결아. 산책 시간이지? 잠깐만 기다려."

최 작가가 노트북을 챙기며 말했다.

"사장님, 혹시 모르니 인사 미리 드릴게요. 늦으면 그냥 올라가려고요. 인생 이야기들, 감사했습니다. 곧 다시 뵐게요."

"일만 푸지게 시켰네. 미안해서 어쩌나…… 은결이하고 저녁이라도 먹고 가. 저 아래 젊은 사람들 잘 가는 식당 많아."

큰이모가 오만 원권 지폐를 내밀자 최 작가는 손사래를 쳤다. 가게 일은 자발적으로 즐겼고 출장비 받고 오가는 거라며 똑 부러지게 말했다. 큰이모가 난처해하자 최 작가는 은결을 앞세우며 얼른 가자고 했다. 은결은 떠밀리다시피 가게를 나왔다.

"어머나, 맥문동이 한창이네. 오, 보라보라, 정말 이쁘지 않니?"

숲 자락에 들어서자 최 작가가 감탄하며 휴대폰을 꺼냈다. 맥문동? 꽃 이름인가 보았다. 며칠 전부터 소나무 아래를 서서히 물들인, 막대기처럼 생긴 꽃이었다. 수없이 많은 꽃이 소나무 사이사이를 빼곡하게 메워 마치 보라색 카펫을 깔아놓은 것 같았다. 이름도 모양도 특이하지만, 함께 모여있으니 환상적인 분위기를 연출했다.

"아, 아깝다. 지금 찍으면 화면발 죽이겠는데……."

최 작가는 중얼거리다 말고 멈칫했다.

"아, 좋은 풍경을 보면 아까워서…… 직업병이야, 직업병."

최 작가는 웃으면서 은결의 팔을 꿨다. 은결처럼 최 작가도 온통 촬영 생각에 빠져 있는 듯 보였다. 최 작가는 팔짱을 낀 채로 보라색 카펫 사이로 걸어갔다. 은결은 바짝 붙은 최 작가가 어색하고 불편했다. 팔을 빼고 싶었으나 적당한 순간을 찾지 못한 채 은결은 저수지 카페까지 갔다.

늘 앉던 자리로 안내했더니 최 작가 눈이 커졌다.

"와아, 여기 묘하다. 물 한 가운데 선 거 같아."

"좀 있으면 더…… 멋질 거예요."

최 작가가 진심으로 좋아하는 것 같아 은결은 조금 우쭐거리며 말했다.

"은결인 예쁘다는 소리 많이 들었지? 이제 보니 얼굴만 예쁜 게 아니라 안목도 훌륭하다."

예쁘다는 말이 여전히 어색한 은결은 적당한 대답을 찾을 수 없었다. 최 작가는 은결의 침묵을 긍정으로 알아들었는지 자기 말을 이었다.

"너무 마음 무겁게 생각하지 마. ……사실은 나도 후원금으로 학교 다녔어. 집이 너무 어려웠거든. 대학 땐 늘 알바 서너 개씩 뛰었고. 살다 보니 악순환 고리가 끊어지기도 하더라. 그래서 이 프로그램도 더 잘하고 싶은 거야. 다 내 어릴 때 같고 보람도 크고."

고상하고 우아하게만 보였던 최 작가에게 힘든 과거가 있다는 게 놀라웠다. 은결은 최 작가가 한결 친근하게 여겨져 질문도 하게 되었다.

"작가님 어릴 때도 그런 방송이 있었어요?"

"아니, 학교에서 지역 기업을 연결해 줬는데 장학금 형태로 학비, 급식비에 용돈까지 받았어. 그때 담임 샘이 그냥 당당하게 받으면 된다면서 회사 이름도 안 가르쳐 주더라. 너도 마찬가지야. 부끄러운 일 아니고 미안할 필요도 없어. 다음에 여유가 생길 때 다른 사람들에게 베풀면 돼. 아름다운 번짐이지."

때마침 서쪽 하늘이 물들기 시작하였다. 이럴 때 노을은 성큼성큼 걸어오는 거인 같다. 어느새 저수지까지 붉게 물들여 하늘과 물의 경계가 사라졌다.

"오, 매직 아워!"

최 작가가 연신 휴대폰 카메라를 누르면서 말했다. 마술 시간? 하늘이 마술을 부린다는 건가. 굳이 영어를 써야 하나 싶으면서도 은결은 고개를 끄덕였다. 눈물 날 만큼 장엄한 풍경이니 마술이라면 마술이었다. 은결은 눈물을 들키고 싶지 않아 물방울 맺힌 컵으로 얼굴을 가렸다.

"참, 은결아, 우리 인연이 예사롭지 않아. 이름도 같잖아."

최은결? 처음 명함을 받을 때 왜 몰랐을까 싶었다.

"난 최윤슬이잖아. 뜻이 같거든. 저기 반짝반짝 빛나는 저 물결 말이야. 저게 은결이고 윤슬이야. 어? 몰랐어?"

"예, 처음 들었어요."

"그랬구나. 난 네가 은결이라서 처음부터 좋았는데…… 반짝반짝 빛나는 아이로 글 써야겠다는 생각도 했어. 너를 매직 아워에 세워줄게."

최 작가의 말에 은결은 다시 〈함께 가는 길〉의 초딩 누나를 생각했다. 최 작가를 만난 어제부터 무슨 말을 하고 어떤 행동을 하든 마음속에서는 되돌이표가 작동되었다. 동생의 화상 부위에 붕대를 감던 그 애, 작아진 신발을 구겨 신으며 엄마에게는 비밀이라던 그 애가 불쑥불쑥 떠올랐다. 방송은 한 번이겠지만 영상은 유튜브에 업로드되어 오래오래 떠돌겠지. 동생의 수술비를 해결하는 대신 그 애는 마음에 3도 화상을 입을 것이다. 착하고 의젓한 캐릭터이니 두고두고 혼자 감당해야 할 상처일 것이다. 안타까움이든 업신여김이든, 은결은 주위 사람들과 시청자들이 보내올 시선을 받아낼 자신이 없다. 그럴 바에는 심청이처럼 어디론가 팔려 가는 게 나을 것 같았다.

은결을 바라보던 최 작가가 말없이 팔을 뻗었다. 누군가에게 안겨보는 일은 처음이었지만, 은결은 가만히 있었다. 최 작가가 울지 말라며 등을 토닥거리는 동안 은결은 붕대

감던 초딩 누나 생각으로 돌아가 있었다.

저수지 둘레로 가로등이 켜졌다. 그 바람에 숲과 물의 어둠이 더 실감 나 보였다.

아까와 달리 최 작가가 앞장서고 은결이 뒤를 따랐다. 주차장에 도착한 최 작가는 곧 다시 만나자며 은결을 짧게 안았다. 은결은 최 작가가 차에 올라타고, 손 흔들고, 떠나는 모습을 지켜보았다. 노을처럼 붉고 윤슬처럼 빛나는 스포츠카였다. 10대 최 작가는 은결과 비슷해 보였는데 30대 최 작가는 저 높은 세계에 사는 사람 같았다.

스포츠카 후면등이 완전히 사라졌다. 그때까지 주차장 모퉁이에 서 있던 은결은 휴대폰을 꺼내 '은결'을 검색했다. 이제라도 뜻을 알게 되어 다행이었고 은결이 좋아하는 풍경을 담고 있는 이름이라 기뻤다.

매직 아워에 세워주겠다는 말이 떠올라 검색창을 열었다. 매직 아워는 해가 뜨기 전 30분과 지고 난 후의 30분을 가리킨다고 한다. 그림자가 없어 색상이 금색으로 빛나며 부드럽고 따뜻한 상태가 되는 시간이다. 해 질 녘 30분이라면 은결이 날마다 카페를 찾는 시간, 하늘을 물들인 노을이 저수지에 빠지는 풍경을 만나는 때다. 그래서 더 아름다워 보이고 최 작가도 휴대폰을 거듭 눌렀나 보다. 은결은 이름의 뜻을 알게 된 것처럼 매직 아워가 자신이 사랑하는 풍경이 펼

처지는 시간이라는 게 새삼스레 좋았다. 부드럽고 따뜻한 그 무엇이 마법처럼 자신을 감싸는 느낌이 들었다.

대문으로 들어가려던 은결은 걸음을 멈추었다. 하루치 영업 후 어둠 속에 묻혀 있어야 할 가게에서 불빛이 새어 나오고 있었다. 은결은 무슨 영문인가 싶어 살며시 문을 열었다.

1번 테이블에 큰이모가 술잔을 든 채로 앉아 있었다. 큰이모는 은결을 보자 나머지 손에 들고 있던 휴대폰을 내렸다. 가까이 다가가는 은결의 귀에 나중에 다시 연락하자는 말이 들렸다.

"오늘 최 작가 때문에 밥때를 놓쳤잖아. 너 기다리다가 한잔하는 중이야."

"오늘은 갈치와 소주네요. 데워 드릴까요?"

은결은 큰이모에게 친근하게 부닐었다.

"괜찮아. 네 몫으로 덜어둔 찌개나 가져와. 밥도 퍼 오고."

무심한 듯 말해 놓고 큰이모는 은결이 마주 앉자 기다렸다는 듯 소주잔부터 내밀었다.

"큰이모, 저 학생이에요. 술 마시면 안 돼요."

"저런 숙맥 보소, 어른이 주는 술은 괜찮아. 영업시간도 아니니 법에 걸릴 것도 없고. 마음 복잡할 때는 이만한 약이 없단다."

큰이모의 채근에 은결은 잔을 받아 입술에 댔다. 무색무취, 은결은 투명한 액체를 입안으로 흘렸다. 처음엔 아무 느낌도 없었다. 하지만 곧 목을 타고 뜨거운 막대기 같은 게 내려가더니 이내 가슴과 배를 흔들었다. 술 한 모금이 주는 변화가 놀라워 은결은 한 모금을 더 마셨다. 얼굴이 달아오르고 몸이 나른해지는 느낌이 나쁘지 않았다.

"어쭈, 잘 마시네. 네 엄마는 질겁하겠지만, 걔보다 내가 널 더 사랑하는 것 같으니까 할 수 없다. 앞으로 나랑 술친구 하자."

큰이모가 찌개 냄비를 앞으로 내밀며 말했다. 은결은 웃고 싶기도 하고 울고 싶기도 한 심정으로 고개를 끄덕였다. 이스트 넣은 반죽처럼 몸과 마음이 부풀어 올랐다. 끓다가 냄비 밖으로 넘치는 물처럼 자기도 모르게 말이 흘렀다.

"큰이모, 저는요, 저는 하기 싫어요."

"술친구 안 하겠다고?"

큰이모가 놀라며 말했고 은결은 당황한 나머지 얼른 말을 이었다.

"아, 아뇨. 방송 말이에요. 출연하기 싫어요."

"으음, 왜?"

"……동정받기 싫어요. 제 사정 남이 아는 게 싫어요. 나보다 더 어려운 사람도 있을 거고…… 아, 어쨌든 두고두고

쪽팔리잖아요."

"그러면 하지 마. 뭐가 문제라고."

은결은 한숨을 푹 쉬었다.

"그럼 아빠 병원비는요?"

"너부터 생각해. 하고 싶지도 않은데 끌려갈 수는 없지. 네 인생이다."

"모르겠어요. 어, 엄마도 원하는 일인데……."

"네 엄마? 걔, 옛날부터 욕심이 많았어. 새 식구들에게 널 그럴듯하게 보이고 싶은 거야. 흠, 지참금 같은 걸 만들고 싶을 수도 있지."

은결은 큰이모의 말에 자기도 모르게 고개를 끄덕이고 말았다. 엄마를 비방하는 거침없는 표현이었으나 이상하게도 안도감이 들었다. 엄마는 은결이 상상했던 그런 엄마가 아니었다. 십 년 만에 만났는데도 포옹은커녕, 잘 자라줘서 고맙다거나 떠나서 미안하다는 말을 하지 않았다. 힐끗 쳐다보곤 엄마의 각본을 들이밀 뿐이었다. 드라마나 영화로만 모녀 관계를 경험한 은결은 아빠와 지낼 때처럼 외롭고 슬플 수밖에 없었다.

눈물 줄기가 볼을 타고 흐르더니 건너편 벽이 아래위로 휙휙 움직이는 것 같았다. 앞에 앉은 큰이모의 얼굴이 일그러지고 은결을 부르는 소리도 메아리처럼 울렸다. 은결은 눈을 부릅뜨고 자리에서 일어나다가 주저앉고 말았다.

***

 다시 일주일이 흘렀다. 하루 일을 마친 은결은 방으로 들어와 노트를 펼쳤다. 손톱을 뜯고 싶을 때마다 무슨 글이든 적기로 했다. 은결은 최 작가와 엄마의 메시지를 그대로 옮겨 적거나 생각나는 것들을 적었다. 유튜브에서 알게 된 처방인데 꽤 효과가 있었다.

 은결은 심호흡을 하며 지난 메모들을 넘겨 보았다. 처음부터 마음은 하나였다. 그리고 이제 은결은 인생 처음으로 자신의 생각을 밝히려고 한다. 내일 촬영 팀이 온다는 통보를 받았기에 더 미룰 수 없었다. 가만히 있다가는 엄마와 최 작가의 각본대로 움직이게 될 것이다.

 은결은 여러 번 고쳐 가며 겨우 문장을 만들었고 휴대폰 문자창을 열어 그대로 입력했다. 그래 놓고도 보내기 버튼은 한참 만에 눌렀다. 처음으로 생각을 밝히는 이 순간을 오래도록 기억하고 싶었다.

 - 촬영은 없던 일로 해 주세요. 제 매직 아워는 제가 만들어 가겠습니다. 늦게 말씀드려 죄송합니다. 민은결 드림

잔뜩 화난 엄마와 최 작가가 눈앞에 그려졌다. 은결은 입으로 가려는 손가락으로 펜을 잡은 다음 손가락을 가만히 들여다보았다. 닳고 짓이겨져 숨기기 급급했던 손톱이 제법 제 모양을 찾아가고 있었다. 스스로 만족하며 은결은 아빠에게도 빨리 나으시라는 메시지를 보냈다. 여전히 사경을 헤매고 있으니 읽을 수 없겠지만 그래도 틈틈이 보낼 생각이다. 기적이라는 단어가 찾아오길 바라면서 말이다. 은결은 마지막으로 엄마에게 보낼 문자창을 열었다가 다시 닫았다. 그 이전에 해야 할 일이 있기 때문이었다.

은결은 새로 생긴 친구 같은 노트를 끼고 큰이모 방 앞으로 갔다. 방문 앞에 서서 할 말을 머릿속에서 정리해 보았다. 방학이 끝나더라도 여기, 만평 국수에 계속 있게 해주세요. 돈 안 내는 손님 못 본 척하듯 아량을 베풀어 주신다면 지금처럼 열심히 일할게요. 혹시라도 만평고등학교로 전학 오게 해 주신다면 주말 일은 물론이고 새벽시장도 함께 다닐게요. 무거운 김치 통도 번쩍번쩍 나를게요…….

물론 큰이모에게 밝히지 않을 소망도 있다. 이곳에 남게 된다면 날마다 해 질 녘 카페에 앉아 하늘과 저수지를 붉히는 노을을 바라볼 것이다. 매직 아워에 펼쳐지는 풍경을 휴대폰에 담을 것이다. 갑자기 눈물이 흘러도 그다지 놀라지 않을 테다. 물어뜯는 외로움이 아니라 따뜻한 외로움에서 흐르는 눈물일 테니 말이다.

은결은 날숨을 길게 쉰 다음 방문을 두드렸다. 잠시 뒤 안에서 기척이 들리자 은결이 크게 말했다.

"큰이모, 주무세요? 드릴 말씀이 있어요. 술친구가요."

은결은 마른침을 삼키며 방문에 귀를 댔다. 잠시 뒤 끄응, 큰이모의 기척이 들리더니 딸깍, 스위치 누르는 소리가 났다.

"들어와."

은결은 조심스럽게 문을 열었다. 방 안은 아침노을이 깔린 것처럼 은은했다. 협탁에 놓인 조명 때문이었다. 은결의 마음도 그 불빛처럼 일렁거렸다. 지금이 매직 아워야, 은결은 낮게 읊조리면서 문지방을 넘었다.

섬의 섬

죽음의 날이다. 오늘은 금요일, 앞으로 사흘 동안 죽도록 일해야 한다. 1교시를 마치자마자 교무실로 달려갔다. 담임은 급식도 못 먹고 가는 내가 안타까운지 조퇴 허가증과 함께 빵을 주었다. 늘 그랬듯 당부도 많다.

"다른 과목은 민지가 정리해 주지? 내 수업은 글쓰기 마지막 시간이야. 새날이 너도 완성해서 메일로 제출해. 수행 평가니까 시간 엄수, 일요일 자정까지."

내 정기적인 조퇴를 두고 담임은 국어 수업 놓치는 걸 특히 속상해했다. 되는대로 갈겼던 자기소개와 적당히 행갈이 한 시를 두고 담임은 나를 볼 때마다 칭찬했다. 교실과 교무실에서 대놓고 핀잔하던 1학년 때 담임과는 달랐다. 요주의 학생을 관리하는 차원이었겠지만 기분이 우쭐거리기도 했다. 담임은 수업 시간에 다양한 글쓰기를 시켰다.

미래를 살아가는 힘이라는 주장은 이해할 수 없어도 문법이나 비문학 읽기보다 재미있었다. 요즘엔 자신을 주인공으로 하는 '경험 이야기 쓰기'를 하고 있는데 한 걸음 나아가 소설을 써도 된다고 했다.

담임은 지난 3월에 우리 집까지 찾아오기도 했다. 내가 금요일마다 결석하니 책임감이 발동하였을 것이다. 섬에서 섬으로 왔네. 본섬에서 배를 타고 10분 만에 도착한 우리 동네 선착장에서 담임이 말했다. 그 순간 카페 아일랜드가 생각났다. 학교에서 내 원룸으로 가는 길에 있는 그곳은 뜻밖의 공간을 품고 있다. 숍 인 숍이라 했다. 양쪽 벽 선반과 중앙 테이블에 책이 진열되어 있었는데 200권 남짓밖에 안 되었다. 서점이라 하기엔 규모가 작아 민망했을까, 책 대부분이 앞표지가 보이도록 눕거나 서 있었다. 천천히 쳐다보고 있자니 책이 말을 걸어오는 것 같았다. 특히 다섯 번째 책은 독보적인 존재감이 있었다. 묘하게 어울리는 「살인자의 집」이라는 제목과 보라색 표지가 내 마음에 펀치를 날렸다. 몇 장 넘겨보는데 소씨 아저씨가 떠올랐다. 그가 사람을 죽여서가 아니라 내 생애 최초로 본 시체여서 그랬을 것이다.

숍 인 숍처럼요? 나는 담임에게 유머러스하게 말하고 싶었으나 보일락말락 웃음만 띠고 말았다. 우리 집을 포함해

53가구가 사는 아미도는 십여 년 전부터 1박 3식 여행지로 입소문이 났다. 말 그대로 하룻밤 숙박에 세 끼 밥상을 차려주는 건데 마을 살리기 차원에서 시작한 사업이 점점 번창했다. 돈맛을 본 주민들이 집을 개조하거나 그럴싸한 펜션을 지어댔는데 그만 코로나19 직격탄을 맞았다. 손님들이 다시 섬을 찾아들기까지 2년 반이 걸렸다. 고기 잡고 밭 갈며 근근이 지내는 동안 남자들은 술에 취하고 여자들은 살이 쪘다. 집에서는 부부가 싸우고 골목에서는 이웃끼리 시비가 붙었다. 노인들은 저러다가 죽어야 정신 차리겠다며 혀를 찼다. 나는 죽으면 끝인데 어떻게 정신을 차리냐고 대꾸하고 싶었으나, 착하고 순종적인 이미지대로 가만히 있었다.

  범국가적인 위기는 누군가의 기회가 되기도 한다. 내가 그랬다. 착남은 엄마와 나를 원 플러스 원이라 했다. 플러스로 끼여 왔으니 밥값을 해야 한다고 했다. 섬에 들어온 8살 이후로 엄마와 함께 청소와 빨래, 주방 일까지 해야 했던 내가 코로나19 덕분으로 본섬에 있는 고등학교에 다니게 되었다. 그동안 인터넷강의를 들으며 중졸 검정고시를 통과해서 다행이었다. 고사리 같은 애를 부려 먹냐는 핀잔이 신경 쓰였는지, 친딸이 아니라 그럴 거라는 뒷담이 켕겼는지, 착남은 본섬의 학교 인근에 원룸을 얻어 주었다. 중학교 때처럼 배 타고 등하교를 했다가는 결석과 자퇴로 이어질 수밖에 없기 때문이다. 또래보다 일 년 늦은 입학이었지만 너무도 감격스러웠던 나는 착취남의 준말로 별명을 지은 게 미안할 지경이었다.

항구마을 입구는 팽나무가 지키고 있다. 나는 차도를 건너 나무 아래에서 잠시 걸음을 멈추었다. 학교에서 고작 10분 거리인데 숨차고 땀 났다. 모처럼 해가 나고 기온이 올라 그런지 기운도 빠졌다. 올해는 장마가 이르다고 난리더니 끝도 빠른 모양이었다. 그 바람에 장마 끝자락으로 잡아두었던 나의 계획도 2주일 빨리 진행해야 했다. 여건이 따라준다면 모레, 일요일이 디데이가 될 것이다.

선착장으로 내려가니 사람들로 북적였다. 그들은 아미도 왕복표를 사고, 승선신고서를 쓰고, 대표가 일행의 신분증을 걷었다. 평소에도 연령대가 높은 편이지만 특히 금요일 손님들은 대부분 60, 70대였다. 그들은 나름대로 한껏 멋을 냈지만 하나같이 후줄근했다.

장씨 아저씨가 마이크를 들고 승선할 사람들을 호명하며 줄을 세웠다. 나는 생나물과 건어물을 팔고 있는 개철 아줌마에게 고개를 숙이며 다가갔다. 맛보기용 미역귀를 씹어 먹던 여자 손님이 사겠다고 하자 나는 얼른 비닐봉지에 넣어 건넸다. 공짜 배를 타려면 이 정도 눈치는 있어야 한다.

예쁘게 생겼네, 딸이에요? 손님의 물음에는 웃기만 하던 개철 아줌마가 몸을 비틀며 나에게 속삭였다.

"이제 할머니인데 네 엄마라니, 젊게 봐주니 좋긴 하다."

"어머, 드디어 아기가……"

"응, 이틀 전에. 아휴, 꼼지락꼼지락 얼마나 신비로운지."

"와아, 축하해요."

"고맙다, 새날아, 이 나이에도 설레는 첫 경험이 있다는 게 감사해."

감사는 개뿔, 반발심이 생겼지만 나는 습관적으로 고개만 끄덕였다. 어른에게 할 말은 아니지만, 꽤 귀여운 아줌마다. 그때 장씨 아저씨가 말했다.

"또 개똥철학 씨부리고 있네. 새날아, 얼른 타라."

나는 배에 오르며 선장에게 고개를 숙였다. 장씨 아저씨처럼 그도 공짜 손님인 내게 손 흔들어주는 사람이다. 내가 아미도의 최연소 주민, 어른 한몫하는 일꾼이면서 공부도 잘하는 학생, 공손하고 예쁘기까지 한 아가씨라서다. 나를 모르고 하는 소리지만 그렇게 굳어졌으니 할 수 없다. 내가 하려는 일의 안전장치가 되어 준다면 다행일 수도 있겠다.

배가 떠난 곳도 섬이지만 아미도에 닿으면 냄새부터 달랐다. 블로그에 올라오는 글이나 유튜브 영상을 보면 아미도 첫인상으로 은은한 꽃향기, 짙은 나무 향, 에메랄드빛 바다가 주를 이룬다. 자연 그 자체라는 건데, 주말 관광객이 천 명이나 된다는 요즘 추세라면, 그 찬사가 언제까지 유지될지 모르겠다. 배에서 가장 먼저 내린 나는 왼쪽 길로 달렸다. 집으로 가는 가장 먼 길을 택한 만큼 빨리 움직여야 했다.

바다와 나란했던 길은 이제 언덕으로 이어진다. 나는 멈춰서서 숨을 골랐다. 아직 손을 타지 않은 줄딸기가 눈에 들어왔다. 가시에 찔려가며 한 움큼 따서 입에 털어 넣었다. 첫맛은 달고 끝맛은 시금털털했다. 담임이 준 팥빵은 엄마를 위해 남겨 두었으니 오늘의 첫 먹거리다. 코로나19 직전 야생화 탐사 팀을 따라나선 둘레길 투어 덕분에 내 삶이 한결 다채로워졌다. 그들이 말하고 보는 것이 신기해 꽃 관련 사이트와 유튜브가 취미가 되었고 꽃 이름뿐 아니라 식물 세계를 알게 되었다. 실용성도 커서 봄이면 냉이와 쑥부쟁이 나물을 손님 밥상에 올릴 수 있었고 머위꽃 튀김, 민들레 뿌리 튀김이라는 새날 펜션 시그니처도 생겼다.

이제부터는 오리나무숲, 그동안 잎이 짙어져 터널을 이루었고 들큼 비릿한 향기는 더욱 묵직했다. 이어지는 좁은 사스레피나무 길을 따라 걸으면 드디어 벚나무 군락, 숨을 죽이고 땅을 살폈다. 장마를 겨냥한 내 예상이 맞았다. 쌓여 있는 낙엽 사이에 독우산광대버섯이 세 송이 올라와 있다. 그 앞에 쪼그려 앉는데 가슴이 벌렁거렸다. 지름 10cm 정도의 원뿔 모양, 끈적끈적해 보이는 둥근 갓, 흰 살과 빽빽한 주름, 뽀얗고 순결한 색깔. 하지만 죽음의 천사로 불릴 만큼의 맹독! 흰달걀버섯이나 흰우산버섯으로 착각하기 쉽다 해서 지난주엔 수산화칼륨 용액을 뿌려, 유튜브 영상처럼, 갓이 노란색으로 변하는 것도 확인했다. 나는 미리 준비한 비닐장갑을 꺼냈다. 일요일에 다시 오겠지만, 만약을 대비해, 두 송이를 딴 뒤 가방에 조심스럽게 넣었다.

 도착하니 10시 40분, 나는 옷부터 갈아입기 위해 방으로 갔다. 새날 펜션 1층 방이 아니라 소씨 아저씨가 살았던 곳이라 아직도 으스스했다. 작년 가을이었다. 착남의 심부름으로 나는 그 집 현관에 들어서며 소씨 아저씨를 거듭 불렀다. 어떤 끌림이었는지는 모르겠으나 방문을 열었고, 침대에 엎드려 있는 그를 보았다. 느낌이 싸했으면서도 그의 어깨에 손을 댔다. 그 순간 영화에서 보던 것처럼 그의 팔이 툭, 침대 아래로 떨어졌는데 얼음 한 조각이 내 핏줄로 흘러드는 것 같았다. 화들짝 놀라며 뒷걸음질 쳤지만 얼마 못 가 주저앉고 말았다. 그 상태로 얼마나 시간이 지났는지 모르겠다. 깨어나 보니 119 대원이 구급차 문을 닫고 있었고 경찰이 이장과 착남 말을 받아 적고 있었다. 엄마가 버버버

울면서 동치미 국물을 내 입에 들이댔다. 시큼한 냄새가 싫었지만 나는 입을 벌렸다.

원인 모를 이유로 소씨 아저씨가 죽자 착남은 공시가격 정도로 그 집을 샀다. 소씨 아저씨 아들은 고마워하고 이웃들은 사람 죽은 폐가를 거뒀다고 칭찬했으니, 착남은 꿩도 알도 챙긴 셈이었다. 착남은 도배는커녕 장판도 바꾸지 않은 채 잠자는 방을 옮겼다. 펜션 손님을 더 받게 되었고 엄마와 나의 노동은 늘었다. 그쯤 되니 나는 그가 일부러 사람 죽은 집으로 만든 게 아닌가 하는 의심이 들었다. 「살인자의 집」에서 뻗어나간 상상력일 수도 있겠지만, 착남이라면 그럴 수 있겠다 싶었다. 나는 소씨 아저씨의 마지막 모습이 떠오를 때마다 무서웠고 착남을 그 자리에 놓아 보며 더욱 무서웠다.

주방 입구에 착남이 서 있다. 머리끝까지 소름이 돋았지만 나는 걸음을 옮겼다. 엄마를 만나기 위한 어쩔 수 없는 과정이다.

"아이고, 우리 딸 왔네. 어디 함 안아보자."

착남은 칡덩굴 같은 두 팔로 내 등을 누르며 몸을 바짝 붙였다. 마음속으로 숫자를 세는 동안에 젖가슴이 눌리고 다리가 뻣뻣해졌다. 그래, 이 짓도 오늘이 끝이리라, 나는 이를 악물었고 다섯을 세는 순간 풀려났다. 나는 울듯 말

듯 한 엄마 얼굴을 보며 주방으로 들어갔다.

 착남은 뜨내기였다. 십 년 전 아미도 둘레길 공사판에 일했던 착남은 엄마와 나를 데리고 섬으로 다시 들어왔다. 배척하던 이웃들은 엄마 손을 잡고 산책하는 착남, 미장원까지 동행하고 옷을 사 입히는 착남을 보며 도끼눈을 풀었다. 착남은 이웃집의 잔고장들을 해결했고 본섬을 왕래할 때마다 노인들 심부름을 도맡았다. 오르막 따라 좁게 늘어선 담벼락에 벽화를 그릴 때도 100% 출석하여 이장을 흐뭇하게 했다. 특히 동백나무 벽화 아래 낙화한 듯 붉은 꽃을 흩뿌린 콘크리트 길은, 나중에 하트 모양까지 추가되어, SNS에 자주 오르는 포토존이 되었다. 그렇게 착남은 부지런하고 싹싹한데다가 장애인에 딸린 자식까지 보살핀다는 평판으로 마을 사업 회원이 되었다. 내 이름으로 간판을 올리는 것부터 생쇼였지만 주민들은 잘한다고 했다.

 사람들이 보는 엄마 인상은 거의 같다. 남편에 비해 젊고 예뻐서 놀라고 농아인이라 한 번 더 놀란다. 엄마는 듣기는 조금 되는 편이나 언어 구사가 매우 힘들다. 어버버 어버버 혼자 애쓸 때는 앞뒤 정황이나 표정으로 알아듣고 간혹 수첩을 이용하기도 한다. 엄마는 텔레비전 화면마다 서비스가 제공되는 수어도 몇 개밖에 모른다. 유튜브에서 배운 대로 내가 가르치려고 했으나 헛수고였다. 지능이 따라주지 않았다. 그런 엄마가 잘한 게 있다면 과거에 나를 낳은 거, 현재 음식을 곧잘 만든다는 것이다. 다른 기능이 퇴화하는 대신 오로지 요리하는 능력만 강화되는 것 같았다. 반복의 힘인지 강압의 힘인지는 모르겠다. 점점 바보가 되어가고 몸이 망가지는 엄마는 주방에 처박혀 착남이 시키는 대로 매끼 밥을 안치고 국을 끓이며 생선을 조린다. 엄마의 일은 거기까지다. 음식을 보기 좋게, 균등하게 차려내는 일은 착남이 한다. 금요일마다 내가 와야 하는 이유이기도 하다.

 착남은 엄마를 가혹하게 다루었다. 남 앞에선 다정하다가 저깟 병신이 무슨 부인이냐 비아냥거렸고 주방과 방에서 손찌검했다. 어쩌다 목소리가 부드럽다 싶을 때가 있었는데 성욕을 풀 때였다. 그때만큼은 아끼는 물건이라도 되는 듯 친근하게 부닐고 씻겨주기도 했다. 내가 있어도 아랑곳하지 않았는데 어느 순간부터 나를 향해 야릇하게 웃기도 했다. 초등학교 4학년, 내가 생리를 시작할 무렵이었다. 처음 피를 봤을 때 무슨 중병이라도 걸린 줄 알았던 나는 검색을 통해 몸의 변화를 알았다. 그 이후 모르는 일이 있을 때마다 인터넷을 찾았다. 무엇이든 검색하고 유튜브를 보면서 자랐다.

 엄마는 참나물을 무치고 있다. 나는 엄마의 등을 안으며 요리 진행 상황을 쓱 훑어보았다. 전기밥솥은 보온 상태였고 국솥과 조림 냄비가 약불에 올려져 있으니 일단 통과, 나는 수전에 담긴 조리도구를 설거지하고 정리한 다음 트레이 위에 도기 느낌의 플라스틱 찬기를 죽 늘어놓았다. 밤마다 인터넷 사이트에 댓글을 달거나 예약을 확인하기 때문에 손님 상황도 꿰고 있다. 오늘은 4팀 19명으로 각 7, 5, 4, 3명이다. 4인 1상이 기본이니 좀 성가신 편이다. 7인 팀은 2상, 나머지는 1상씩 차리고 5명 팀에게 부족한 음식은 곧바로 드리겠다는 양해를 구해야 한다. 나는 찬기를 5줄씩 늘어놓고 순서대로 김치 3종과 창난젓, 일미 무침, 깻잎과 엄나무순 장아찌를 놓았다. 착착착, 손이 알아서 움직였다. 네 덩이로 재배치된 식탁에 옮겨 놓고 시계를 보니 11시 20분, 잠시 숨을 돌렸다. 하지만 지금부터가 가장 바쁘고 중요하다. 그때 갑작스럽게 착남이 내 허리를 감았고 나는 상체를 비틀어 벗어났다.

"커피 타임! 우리 따알, 애쓰네. 좋게 나가자. 안 그러면 저기가 힘들어."

착남이 주방을 가리키며 능글거렸다. 건네는 커피믹스를 얼굴에 들이붓고 싶었으나, 버섯을 생각하며, 나는 고개를 끄덕였다. 슬쩍 웃기까지 했다.

"그렇지, 플러스 원. 병신 엄마 거둬주고 공부까지 시켜주는 은혜를 알아야지. ……제대로 하자. 수틀리면 원룸 빼는 수 있어."

 나라고 가만있겠냐, 반사적으로 튀어나오려는 말을 삼키며 나는 재빨리 주방으로 들어갔다. 어쨌든 오늘내일은 착남의 비위를 건드리지 말아야 한다.

 엄마가 프라이팬 두 개를 놓고 김치전을 시작했고 나는 튀김가루를 풀었다. 기름이 끓는 동안 샐러드와 생선조림, 나물을 담아냈다. 밥은 4인용 그릇에 담고 미역국도 세팅했다. 정확하게 12시, 따뜻한 김치전과 뜨거운 튀김이 식탁에 올랐다. 1차 관문은 무사히 마쳤다.

 영혼 없는 웃음을 장착한 채 팀별로 앉게 하는데 뜻밖에 숏컷녀 숍 인 숍 책방지기가 들어왔다.

 "놀라긴, 이분들은 시 읽는 모임. 줌 3년 만에 이제야 오프라인으로 만나는 거."

 책방지기는 일행들에게 나를 두고 정정희 님 제자이며 소설 읽기반으로 소개했다. 온라인 모임만, 그것도 얼굴 가리고 지켜보기만 했는데 회원이라니 민망했다. 고개를 꾸벅이는 나를 두고 아줌마들이 예쁘게 생겼다느니, 효녀가 따로 없다느니 한마디씩 했다. 등에 식은땀이 바짝 솟았으나 나는 겸손을 섞은 미소로 답했다. 그리고 얼른 손님 전체를 상대로 큰 소리로 말했다. 보나 마나 착남이 날카롭게 노려보고 있을 게 틀림없어서이다.

"찾아 주셔서 감사합니다. 미역은 마을 앞바다에서 채취한 것이고요. 생선도 마찬가지예요. 밥은 원하시는 만큼 덜어 드시면 됩니다. 맛있게 잡수시고 부족하면 말씀하세요. 회와 해물은 저녁상에 나갑니다. 술안주 하시라고요……"

말이 채 끝나기도 전에 튀김 더 달라는 테이블이 있었다. 나는 얼른 빈 접시를 들고 주방에 들어갔다. 책방지기 팀도 연신 맛있다고 했다. 나는 추가 반찬을 가져다주며 빠르게 물었다.

"우리 집인 줄 아셨어요? 우리 담임 샘도 회원이세요?"

"그래, 정희 님은 갑자기 본가에 일이 생겨 못 왔어. 거기도 효녀거든. 나중에……"

"따아알, 4번 테이블."

욕설보다 더 끔찍한, 다정한 목소리였다. 책방지기의 말을 들을 새도 없이, 나는 독사눈 착남에게 뛰어가 김치전을 받았다.

"니기미 씨벌, 오늘 300명 넘게 들어왔다는데 19명이 뭐야, 19명이…… 지랄, 나도 돈만 있으면 저깟 등대, 솔바람다 잡을 수 있다고. ……끙, 얼른 언덕배기 땅뙈기 사서 컨테이너라도 올려야 할 텐데. 저, 저년 봐라. 가족 회의하는데 넌 잠이 오냐?"

섬의 섬 51

거칠고 원색적인 말, 착남은 벌써 취한 모양이다. 준비할 게 더 많은 저녁상을 마치고 소씨 아저씨 집으로 넘어왔다. 식당에서 손님이 남긴 회와 가리비로 소주를 마셨던 착남은 이제 표고 튀김을 안주로 맥주를 마시고 있다. 횡설수설은 혼자 다 하면서 억지로 술을 마신 엄마가 쓰러지자 착남이 앉은 채로 발로 밀었다.

"그래, 처자라, 자. 그래야 내일 또 일하지. 야, 플러스 원! 내 누누이 말하는데 밥값 제대로 해. 오갈 데 없는 병신에 딸린 자식까지 거두었으면 죽는시늉이라도 하란 말이야. 씨발, 어디서 눈을 부라리고…… 어라, 왜 일어나?"

"숙제하려요."

"지랄, 내일 예약이 30명인데 숙제할 정신이 어딨어? 자빠져 자라. 아니면 술이나 따르든지……"

"오래 안 걸려요. 시비만 안 걸면 40명도 잘 할 수 있어요. 성질……"

"저, 저년이 주제도 모르고 따박따박 말대답은……"

나는 학교에서 지원받은 태블릿을 들고 후다닥 뛰어 재빨리 슬리퍼를 신었다. 다행히 머리채를 잡히거나 등짝을 후려 맞지는 않았다.

2층 방문이 더러 열려 있고 말과 웃음소리가 떠다녔다. 어른거리는 불빛을 보고 있자니, 행복이 있다면 저런 풍경일까 싶다. 여행 경험이 없는 나로서는 부럽기만 했다. 손님들은 주로 아래층에서 먹고 위층에서 잔다. 우리가 살았던 방까지 손님용으로 바꿨으니 원룸 3칸, 투룸 2칸이다. 바다 전망이 아니고 집도 낡았으나 음식 맛으로 버티는 편이다.

  뜻밖에 식당이 환했다. 인색한 착남이 어째 불 끄는 걸 잊었을까 싶었는데 안에서 소리가 들렸다. 걸음을 죽이고 바짝 귀를 세웠다. 낮은 말들 사이의 익숙한 음성, 나는 까치발을 하고 창문 안을 엿보았다. 역시 책방지기 팀이었다. 그들은 등받이도 없는 의자에 둥그렇게 앉아 이야기를 나누고 있었다. 인디언, 비트, 작약, 월든 같은 단어를 말하며 서로 미소 짓고 고개를 주억거리는, 그들의 단어로 말하자면, 경이로운 장면이었다. 이제 새로운 읽기로 들어가는지 책방지기가 일어섰다. 몇 쪽입니다, 하면서 주위를 돌려보는데 영화에서 본 성경 공부 장면 같아 피식 웃음이 나왔다. 그래도 어쩐지 발걸음이 떨어지지 않아 나는 그대로 서 있었다.

  착하지 않아도 돼. 참회하며 드넓은 사막을 무릎으로 건너지 않아도 돼. 그저 너의 몸이라는 여린 동물이 사랑하는 걸 사랑하게 하면 돼……

착하지 않아도 된다고? 책방지기가 첫 구절을 읽는 순간 뭔지 모를 기운이 내 가슴을 쓰윽 훑었다. 나는 두근거리는 마음으로 벽에 바짝 붙었다. 낭송은 마음속 동물, 절망, 날아가는 기러기, 누구든, 외롭든, 상상, 세계라는 시어들로 이어졌다.

> 네가 누구든, 얼마나 외롭든 세상은 너의 상상에 맡겨져 있지. 저 기러기들처럼 거칠고 흥겨운 소리로 너에게 소리치지. 세상 만물이 이룬 가족 안에 네가 있음을 거듭거듭 알려주지.*

책방지기가 낭송을 마치자 잠시 침묵이 이어졌다. 뜨거운 감정이 훅 솟구치더니 찝찔한 액체가 내 볼을 탔다. 순식간이었다. 스스로 당황한 나는 박수 소리를 방패 삼아 걸음을 옮겨 주방으로 통하는 문을 열었다. 어두운 그곳에 쪼그리고 앉아 태블릿을 열었다. 기러기 관련 시로 검색했더니 '메리 올리버'라는 이름과 함께 방금 들었던 시가 나왔다. 다시 시인의 이름을 넣어 검색한 시 여러 편을 읽었다.

---

* 『기러기』(메리 올리버, 마음산책, 2021)에서 인용

익히 아는 꽃이나 채소를 그려내는 표현이 새롭고 산뜻했다. 작품 세계나 시인 이야기도 읽으며 그녀가 어린 시절의 성폭행 트라우마를 극복하고 자연의 경이로움을 노래했다는 걸 알게 되었다. 놀라운 건 성폭행 가해자가, 사회적으로 한없이 고상한 신사, 친아버지라는 거였다. 세상에 이런 일도 있구나 싶었다. 일어나지 않았으면 좋겠지만, 내 삶이 힘들다 보니 위로가 되었다.

나는 섬을 벗어나고 싶고 뭘 해도 먹고살 수 있겠다는 자신도 있다. 하지만 엄마가 붙들려 있는 이상 도망갈 수 없다. 옛날엔 내가 엄마의 볼모였고 지금은 엄마가 나의 볼모다. 착남에게는 언제나 원 플러스 원. 인터넷 상담소에 고민을 올린 적도 있는데 댓글 창이 분노와 연민으로 부글거렸다. 무슨 80년대 얘기도 아니고 당장 신고하라고 난리였다. 고마운 충고였으나 착남을 모르고 하는 말이었다. 완전히 삭제하지 않는 이상 그는 엄마와 나를 끝까지 찾아낼 것이다. 그동안 들었던 말로 미루어볼 때 전과도 있으니, 감옥도 겁내지 않을 위인이다.

휴대폰을 넣으려다 대화창을 열었다. 읽지 않은 메시지가 주르륵 떴다. 담임이 보낸 게 1건 있었고 나머지는 모두 민지 것이었다. 수업 내용과 쉬는 시간 수다에 급식 메뉴까지, 거의 실시간 중계였다. 민지는 내가 메시지를 제때 읽지 않거나 답장이 없어도 개의치 않았다. 마주 앉아 카푸치노를 마실 때도 조퇴 이유를 포함한 내 개인사를 묻지 않았다. 민지를 만난 이후로 나는 급식 왕따를 벗어났고 숍 인 숍 독서 모임도 기웃거릴 수 있었다. 일방적인 도움을 받는 게 불편했던 내게 민지는 친구라는 한마디 말만 던졌다. 우정이란 굳은 땅에 스며드는 빗물인 걸까, 나는 민지와 다니면서 내 처지를 잊고 잠시나마 웃을 수 있었다. 그런 날이 올 수 있다면, 이제 나도 카페에서 음료를 사고 숍 인 숍에서 책도 한 권 골라주고 싶다.

얇은 합판 너머에서 드르득 끌리는 소리가 났다. 식탁과 의자를 정리하는 듯했고 책방지기와 다른 여자들의 말이 섞였다. 이내 불이 꺼지고 문 여닫는 소리가 났다.

밖이 완전히 조용해졌다. 나는 익숙해진 어둠을 더듬어 냉장고 문을 열었다. 배가 고픈데 오이밖에 보이지 않았다. 쏟아졌던 빛을 닫고 아작아작 오이를 씹고 있자니 다시 눈물이 났다. 그래도 착남이 잠들기 전엔 방에 들어가기 싫었다.

나는 다 먹은 오이 꽁다리를 만지작거리다가 날숨을 길게 쉬었다. 두 손을 얼굴에 댔다. 마른세수하는데도 물기가 느껴졌다. 나는 다시 숨을 들이켰다가 길게 뱉었다.

태블릿을 열어 그동안 쓰고 다듬었던 숙제, 경험 이야기 글을 읽었다. 내용도 문장도 마음에 들지 않았다. 초등학교

시절 담임에게 제출하는 일기처럼, 거짓이거나 과장이었다. 나는 주방에서 나와 식당 의자에 앉았다. 나는 내가 주인공인 글을 모두 지우고 「살인자의 집」처럼 P라는 인물을 설정했다. P와 P의 엄마, 그리고 Q. 호흡이 가빠지는데 마음은 차분하고 복잡한 머릿속과 달리 손가락은 빠르게 움직였다.

얼마나 지났는지 모르겠다. 식당 안이 갑자기 환해지는 바람에 나는 벌떡 일어났다. 아주 짧은 순간 여기가 어딘가 싶었고 저 사람은 누군가 싶었다.

엄마였다. 내가 있어서 무척 놀란 모양이었다. 어버버, 어버버거리며 내 쪽으로 황급히 다가왔다. 웬일이냐고 몸 언어로 물었더니 엄마가 시계를 가리켰다. 맙소사, 벌써 새벽 5시였다. 아침 밥상을 차리기 위해 일을 시작할 때였다. 내가 태블릿을 붙들고 밤을 새웠다는 게 믿어지지 않았다.

나는 걱정스러운 표정으로 내 얼굴을 만지는 엄마 손을 잡았다.

"엄마, 나는 괜찮아. 이제 일하자. 엄마는 밥 안쳐야지. 나는 시금치부터 데칠 거야."

제대로 알아듣지 못하겠지만 나는 또박또박 말했다. 7시간을 꼬박 앉아 있었다는 게 믿어지지 않았다. 먹지도 자지도 않았는데 좀 자란 것 같았다. 이상했다. 어젯밤의 나와 지금의 나는 다른 사람 같았다.

  지난 이틀은 시쳇말로 눈코 뜰 새 없었다. 금요일 손님이 떠나자마자 방 청소, 이불 정리로 토요일 손님맞이를 시작했다. 30명이나 되는 만큼 1분 1초라도 허투루 쓸 수 없었다. 일 덩치가 크니 착남도 바쁘게 움직였다. 나 역시 이틀 밤샘에도 불구하고 세팅된 기계처럼 빠릿빠릿했다. 열심히 사는 부모를 돕는 효녀가 되어 음식을 나르고 빈 접시를 채웠다. 서빙을 시원시원하게 잘한다며 팁도 받았다. 다른 팀 모르게 살그머니 내미는 바람에 사양할 새도 없었다. 착남이 안 보이는 틈을 타 얼른 호주머니에 넣었다. 민지에게 쓸 수 있겠다 싶으니 마음 한쪽이 따뜻해졌다.

  버섯도 더 확보할 수 있었다. 일요일 아침노을이 퍼질 무렵 벚나무밭으로 달려갔더니 독우산광대버섯이 뽀얀 몸을 드러내고 있었다. 조심스럽게 따서 비닐백에 넣었고, 집으로 가져와 정성을 다해 튀겼다. 아침상에 나갔던 새송이, 표고 튀김과 나란히 놓아 보니 구별되지 않았다. 온몸 온 신경이 바짝 섰고 이마와 손에 땀이 뱄다. 착남이 손님 짐을 실은 오토바이를 타고 여러 번 선착장을 오가는 동안 끝낼 수 있어 다행이었다. 바라고 바랐던 일이 끝을 향해 달려가고 있었다. 나는 소씨 아저씨를 떠올리며 양손을 맞잡았다.

마지막 팀이 나가자 이불부터 모았다. 세탁기와 건조기 사이를 오가는 사이에 청소기를 돌리고 걸레질도 했다. 가슴이 두근거리고 얼굴에 열이 올랐으나 기계적으로 몸을 놀렸다. 집마다 다른 휴업일은 마을발전위원회가 결정하는데 우리 집은 내가 계속 공부할 수 있도록 일요일로 했다고 했다. 일요일 막배로 본섬으로 나갈 수 있으니 맞는 말일 테다. 그때 고개를 끄덕인 착남은 돌아서서 이장을 욕했다. 일요일이 다른 평일보다 손님이 많아서다. 바꾸고 말겠다는 기세이니 그대로 두면 학교 다니기가 어려워질지 모른다.

뿌우 뿌우, 뱃고동 소리가 들렸다. 나는 청소하던 방 창문에 서서 멀리 내려다보았다. 선착장은 손님을 배웅하거나 마중 나온 펜션 주인들의 자동차와 오토바이로 붐볐다. 나는 넓은 바다와 다가오는 배와 점점 가까이 다가오는 착남의 오토바이를 보며 마른침을 삼켰다.

식당에 들어선 착남은 소주부터 꺼냈다. 거칠게 병을 흔들어 물컵에 붓더니 눈알을 아래위, 옆으로 굴렸다. 뭐라도 트집 잡고 싶은 모양이었다. 아닌 게 아니라 양념 아까운 줄 모른다고, 반찬이 많이 나갔다고, 내가 손님에게 불친절했다고, 실실 웃었다고 맥락 없이 떠들었다. 제 말에 스스로 열을 받는지 구석에 놓인 쓰레기통을 차기도 했다.

그래, 마지막 지랄일 테니 마음껏 떨어라. 주방에 들어간 나는 평생 처음 가져 보는 여유와 관대함을 장착했다. 국을 푸고 밑반찬을 천천히 담으며 마음속으로 숫자를 셌다. 열다섯으로 넘어갈 때 착남이 소리쳤다.

"밥은 됐고 술부터 내와. 거, 튀김 좀 남았나?"

드디어 낚였다. 내 기다림이 착남의 성급함을 이겼다. 나는 얼른 따뜻한 접시를 들고 나갔다. 걸음이 꼬여 넘어질 뻔했지만, 무사히 식탁 위에 버섯 튀김을 올렸다.

착남은 술을 원샷으로 마시더니 튀김을 집었다. 순간 심장이 멈추는 줄 알았다. 바삭, 맛있는 소리가 났다. 착남은 하나 더 집어 자세히 쳐다보는 듯하더니 한입에 먹었다.

"새송이도 쫀득하니 괜찮네. 표고 비쌀 땐 섞어도 되겠다. 그지?"

나에게 하는 말이었다. 나는 숨을 삼키며 고개를 끄덕였다. 재료비 아낄 생각에 기분이 좋아졌는지 착남이 갑자기 은근해졌다.

"야, 플러스 원. 다 잘 살자고 하는 말인 줄 알지? 좋은 댓글 받아 예약 꽉꽉 채우자고. 매상이 어제 정도는 되어야 한단 말이야."

어느새 소주병이 비고 튀김 접시도 기름기만 번들거렸다.

"예. 열심히 할게요."

모처럼 상냥하게 부니는 말에 착남이 허허헛 웃었다. 나는 외워두었던 증상을 떠올렸다.

섭취한 뒤 6시간에서 8시간 뒤에 증상이 나타나기 시작한다. 열은 없지만 배가 아프고 토하며 콜레라처럼 심한 설사를 동반한다. 점액과 피가 섞여 있기도 하다. 하루 정도 지나면 증상이 다소 안정되지만 3~4일 뒤엔 다시 위장장애, 간기능 장애가 나타난다. 7일엔 콩팥 기능 상실, 10일 이내에 사망한다.

청소와 빨래를 끝낸 다음 나는 배를 탔다. 착남이 튀김을 먹은 지 6시간 후였다. 장씨 아저씨와 개철 아줌마가 주고받는 농담을 들으니 내가 살아있다는 게 실감 났다. 다음 주 금요일엔 죽어라 일하지 않아도 될까, 그때 착남은 죽었을까, 죽어가고 있을까, 아미도가 아니라 본섬 장례식장에서 검은 옷을 입고 엄마와 나란히 서 있게 될까…… 이런저런 생각이 꼬리에 꼬리를 물었다.

아일랜드 카페를 지날 때 고개를 쭉 빼고 숍 인 숍 쪽을 보았다. 메리 올리버라고 했던가, 펜션을 떠나면서 책방지기가 시집을 빌려주겠다고 할 때 받을 걸 그랬나 싶다. 내일 밤으로 예정된 온라인 소설 모임과 읽지 못한 추리소설이 생각났다. 밤새워 글을 쓰면서 느낀 야릇한 열기도 떠올랐다. 착남이 죽고 나면 그 모든 일을 제대로 할 수 있을까, 엄마와 함께 살아갈 수 있을까, 민지에게 스며드는 빗물이 될 수 있을까……

기쁠 줄 알았는데 어이없이 눈물이 났다. 그래도 나는 발가락에 힘을 주었다. 얼굴을 들고 어깨도 폈다. 눈물이 흐르거나 말거나 아랫배에 힘을 주고 꼿꼿하게 걸었다. 등 뒤에서 부는 바람이 나를 앞으로 밀어주었다.

원룸에 도착해 샤워부터 했다. 아랫배가 살살 아팠다. 순간 머리끝이 쭈뼛 섰다. 튀김이 바뀔 수도 있다는 생각이 들었다. 몇 번이고 튀김을 내가던 순간을 되살려 보았다. 생각을 거듭할수록 헷갈리고 의심스러웠지만 나는 고개를 저었다. 한참 생각하다 보니, 실수하지 않았겠지만 실수한들 어떠냐 싶기도 했다. 엄마와 나는 지금도 죽어 있으니까.

아랫배가 다시 아프고 뭔가 메스꺼운 것도 같았다. 나는 엄마에게 괜찮냐는 이모티콘을 보내려다가 그만두었다. 어쨌든 나는 끝까지 독버섯의 존재를 몰라야 했다. 착남의 죽음은 소씨 아저씨처럼,「살인자의 집」처럼 미제 사건으로 남아야 한다. 좁은 방안을 서성거리다가 나는 다시 휴대폰을 열었다. 저녁 8시, 튀김으로부터 9시간이 지났다. 아미도에서는 아무 연락이 없다.

불안한 마음을 몰아내듯 나는 책상에 앉았다. 태블릿을 열어 내가 쓴 글을 보았다. 나와 달리 P는 원 플러스 원이 아니라고 말하고 있었다. 숍 인 숍이라면 카페를 품는 책방이 되겠다고 했고 본섬에 딸려 있으나 본섬보다 풍경이 좋고 잘 사는, 섬의 섬이 되겠다고 했다. 내가 썼으나 내 소망을 정확하게 짚어준 글이 마음에 들었다. 내 머리에서 나온 글이 나를 다시 정리해 준다는 게 신기했다. 나는 메일함을 열어 담임 주소를 클릭했다. 메일 제목을 '숙제-처음 만나는 죽음'으로 적었다가 한참 만에 '숙제-처음 만나는 소설 쓰기'로 바꾸었다. 담임은 200명 글을 모두 읽을까, 내 글을 보고 뭐라 할까, 상담실로 부르는 건 아니겠지, 이런저런 상념에 빠져 있다가 옆에 있는 생수를 당겨 마시는데 캑캑, 숨이 막혔다. 쳐다보니 병 입구에 곰팡이가 피어 있었다. 나도 모르게 헛웃음이 나왔다.

벽에 붙은 침대에 누웠다. 형광등을 꺼야지 싶은데 마음뿐이었다. 다시 아랫배가 조여왔다. 생리 전조현상으로 믿고 싶었다. 엄마는 자고 있을까, 착남은 지금 어떤 상태일까 생각하는데 자꾸만 눈이 감겼다. 독버섯을 먹었대도 잠귀신에게 먼저 잡혀갈 것 같았다.

멀리서 사이렌 소리가 들렸다. 어디로 가는 중인지 소리가 점점 커졌다. 버벅거리는 엄마의 음성 같다고 느끼며 나는 잠인지 죽음인지 모를 세계로 빠져갔다.

안녕, 작은 서지영

선글라스 너머 보이는 기내 모니터에 지도가 나타난다. 두통약을 삼키려는 순간이었다. 길쭉한 녹색 육지 끝에서 커서처럼 비행기가 깜박거린다. 화면에 떠오르는 정보에 의하면 이곳은 바다 표면에서 8000피트나 떨어진 곳이고, 바깥 기온은 -20°C이다. 하지만 단단한 기체 안에서 흔들림 하나 없이 보호되고 있는 나는 현재의 고도와 바깥 기온을 감지할 수 없다.

비행기와 캡슐과 당신이 머릿속에서 같은 꾸러미로 엮인다. 당신이 연상되는 게 싫다는 생각과는 달리 당신에 대한 기억은 언제나 나의 내부에 먼저 와 있다. 가루약을 흩어지지 않게 하는 캡슐처럼, 승객을 안전하게 하는 기체처럼 당신 또한 바깥으로부터 언제나 나를 지켜주었다. 그렇게 믿었던 때가 있었다.

두통을 잊을 수 있을까 싶어 스케치북을 펼친다. 4B연필을 비스듬히 쥔 채 물결무늬를 연속하여 사막을 드러내고 종

유석 같은 기둥을 연달아 세운다. 텔레비전에서 본 아타카마 사막을 그리는데 뜻대로 되지 않는다. 기둥에 음영을 넣던 손놀림을 멈추자 옆자리 중년 남자가 눈길을 거두지 못한 채 당황한다. 나는 슬쩍 웃어 보이며 마음속으로 숫자를 센다. 엉덩이를 나란히 한 채 두어 시간을 보냈으니 침묵을 유지하기 어려울 것이다.

나는 처음 만나는 상황이나 사람을 낯섦이 아니라 새로움으로 인식한다. 노력하여 그렇게 되었고 어느 순간부터 살아가는 방식으로 굳었다. 처음으로 당신이 낯설게 보였던 날을 기억한다. 당신이라는 캡슐 막을 어렴풋하게 느꼈을 때, 보호가 아니라 통제로서 그 막이 보이기 시작할 때 나는 몸부터 옹송그렸다. 마스크 없이 모래바람 속에 선 듯한 나는 생리통을 앓을 때처럼 방바닥에 배를 깔고 엎드렸다. 아, 새롭게, 그래, 새롭게 알아가는 거야. 한참 동안 중얼거리자 마음이 편해졌고 몸을 일으킬 수 있었다. 당신이 조금 보이는 것 같기도 했다.

열을 넘지 않을 거라는 마음속의 숫자가 서른이 되었을 때 남자가 말을 건넨다. 감각이 둔한 건지, 자기 검열이 강한 사람인지 호기심이 인다.

타국 소속의 비행기에 발을 디디는 순간 풀썩 주저앉을

뻔했다. 여태껏 맡아보지 못한 낯선 냄새, 동물성 비린내라고 표현할 수밖에 없는 역한 냄새 때문이었다. 늘어선 수거통에서 한꺼번에 새어 나오는 음식물쓰레기 냄새 같기도 하고 양고기꼬치 가게 주위를 떠도는 냄새 같기도 했다. 나는 의식적으로 몸을 곧추세우고 좌석 번호를 확인해 가며 천천히 통로를 걸었다. 하지만 이미 상해버린 비위 때문에 토악질이 올라왔고, 머리가 부서지는 것 같았다.

생각해 보면 냄새만큼 원초적인 것도 없다. 제일 먼저 다가오고 가장 늦게 떠나는 것이 냄새다. 나는 어릴 때부터 냄새에 민감했다. 집에 밴 백합과 장미 향을, 소주와 맥주 냄새를 좋아했고 구별할 수 있었다. 어떤 경험과 맞닿은 건지 밤꽃과 휘발유 냄새, 남자 향수는 특히 싫어해 두통약까지 먹어야 했다. 작은 지영이 힘들게 하는 요놈 나와라…… K는 냄새가 모기나 파리인 것처럼 주위를 두리번거렸다. 애가 예민해서 그러니 이해해, 라고 당신이 말해도 K는 여전히 킁킁거렸다. 어린 나는 그런 K가 재미있어 코를 싸잡은 채 웃기도 했다.

내가 기억하는 당신의 첫 냄새는 은은하고 달콤한 딸기 향이다. 방금 목욕을 끝낸 알몸으로 당신의 가슴팍에 안길 때마다 나는 그 향기가 좋아 코를 벌렁거렸다. 나중에 어느 회사의 보디로션 향이라는 걸 알았지만 내게는 변함없이 당신의 냄새였다. 내가 그랬듯 다른 사람들 심지어 당신조차도 공장에서 찍어낸 제품의 향기라는 걸 몰랐다. K를 비롯한 지인들은 당신을 두고 아주 단정하면서도 신비로운 향기를 풍긴다고 했다. 하지만 어느 순간 나는 사람들이 제멋대로 당신의 상을 그리고, 당신은 그 이미지에 기대어 자신을 만든다는 걸 알게 되었다. 아, 그래서 당신을 떠나려는 건 아니니 오해 말기 바란다.

당신은 나를 데리고 미술관을 즐겨 다녔다. 당신은 파리 여행 중에 들렀던 로댕 미술관의 〈꽃장식 모자를 쓴 소녀〉를 자주 이야기했다. 그때 우리는 꽃 달린 챙모자를 쓴 채 작품을 보고 있었는데 주위 관광객들이 로댕의 소녀상 같다고 해 즐거웠다고 했다. 어떤 외국인은 큰 소녀상과 작은 소녀상이 나란히 있다며 원더풀을 외쳤다고 했다. 나야 아무것도 생각나지 않지만, 당신의 흐뭇한 미소를 떠올리는 것은 어렵지 않다. 똑같은 퀼트 원피스를 입고 로댕의 소녀상 앞에서 찍은 사진도 있거니와 당신은 나를 '작은 서지영'으로 부르기 좋아했으니까.

당신과 같이 본 그림이라면 나는 '앤디 워홀'의 〈메릴린 먼로〉가 떠오른다. 일 년 전쯤이었고 어느 기업의 이름을 딴 미술관에서였다. 카메라와 가방을 맡기라는 직원에게 불쾌감을 드러냈던 당신은 모든 전시물이 진품이라는 설명에 이내 수긍했다. 워홀의 작품은 1층 전시장 정면 벽에 걸려 있었다. 꿈속을 그린 듯한 샤갈의 그림이나 비둘기를 그린 피카소의 펜화, 물감을 뭉개놓은 듯한 르누아르의 작품도 보긴 했지만 나는 다시 메릴린 먼로 앞에 섰다. 가로 세로가 약 일 미터 정도 되는 화폭 안에 먼로가 한 명씩 웃고 있었다. 실크스크린 기법으로 태어난 아홉 명의 먼로, 마음만 먹으면 수천수만의 먼로도 가능했을 것이다. 그런데 바탕색과 얼굴, 입술과 입속, 머리카락과 눈자위의 색깔이 각각 달랐다. 입술 점은 매력 포인트답게 두드러진 게 많았지만 붉거나 푸른 얼굴색에 밀려 안 보이기도 했다. 나는 이 먼로에서 저 먼로로 시선을 옮겨가며 색다르게 전해지는 맛을 즐겼다.

  도슨트가 이끄는 대로 전시장을 도는 한 무리 속에 당신도 끼어 있었다. 그들은 전문가의 설명을 들으며 감탄사를 내지르거나 그림의 한 부분을 눈여겨보기도 했다. 나는 우스웠다. 당신이 그러하듯 그들 또한 그림을 학습하고 있었다. 남과 다르게 볼까 봐 두려워하며 전문가의 평을 자기 감상으로 만드는 중이었다. 당신과 그들은 복제된 먼로들처럼 같은 방향을 바라보며 함께 웃고 있었다. 다시 고개를 돌린 내 눈에 오직 명암으로만 자신을 드러내고 있는 모노톤의 먼로가 보였다. 그러자 당신이 싫어하는 냉소가 내 입가에 달렸다. 그 흑백의 먼로가 당신의 '작은 서지영'인 나로 보였기 때문이다. 나의 분신, 또 다른 나라고 말하길 좋아하던 당신 때문에 서아린의 색깔은 다 바래진 것 같아서 나는 자꾸 피식거렸다.

"학생도 혼자? 배낭여행 가나요?"

"혼자는 맞는데 여행은 아니에요."

무슨 영문인지 더는 말이 없다. 나는 곁눈질로 그를 살폈다. 희끗희끗한 머리칼에 비해 피부는 희고 맑아 보였다. 표정을 읽어내기는 어려웠다. 여자에 대한 호기심 따위는 없는 듯한 그의 모습에 나는 묘한 매력과 반발심을 함께 느꼈다.

"명목은 어학연수, 사실은 도망가는 거예요."

"재미있는 아가씨군, 실연당할 나이는 아니겠고 돈 떼어먹을 만큼 배짱이 있어 보이지도 않은데……"

"에이, 상상력이 고작 그 정도? 좀 간지나는 거 없어요? 누굴 죽였다거나 마약을 옮기는 중이라거나 하는 거죠."

"흐흐, 내가 영화를 많이 못 봐서. ……인사나 나눌까요? 난 김기진이요."

"김기진? 국어책에 나오는 소설가 김기진 아세요? 사실은 현대 시인도 있어요. 그러니까 아저씬 제가 아는 세 번째 김기진이세요. 아 참, 저는 서아린."

"시인이라면?"

"김기진 시인! 엄마가 완전 찐팬이거든요. 수필집도 두어 권 있던데."

"시를 좋아하시나 봐요. 뭘 하시는 분이기에……"

"전문대 교수에요. 폼 잡기 좋아하는."

"겉멋으로 시를 읽는 사람이 어딨을까? 어머니에게나 시 쓴 사람에게 못할 말 아니에요?"

"아저씨도 보면 아실 거예요. 말이 배배 꼬여서, 고상한 거 좋아하는 우리 엄마 같은 사람이나 읽지, 누가 좋다 그러겠어요. 음, 예술이란 우선 느낌으로 탁 와야 하는 거 아니에요? 난 복잡한 거, 생각해야 하는 거 딱 싫어요. 근데 평론가들은 시집 나올 때마다 완전 극찬이래요. 울 엄마, 거기에 넘어간 듯."

"그렇게 재미없었어요? 아, 이거, 내 시 싫다는 사람을 만나기는 처음이네."

"예?"

나는 휴대폰 갤러리를 열어 사진 몇 장을 기진 시인에게 보여준다. 그는 바닷가 노을을 배경으로 웃고 있는 당신이 나와 많이 닮았다고 말한다.

당신과 K는 포토북을 만들어 나란히 앉아 감상하길 즐

겼다. 간혹 당신은 호들갑스럽게 나를 불러 사진 속의 어린 나를 가리키곤 했다. 사진 속의 과거로 단숨에 돌아간 당신은 내가 그때 무슨 말을 하고 어떤 행동을 했는지 자세히 말했다. 이미 지나간 시간 속의 이야기라면 적당히 꾸며도 되련만, 당신은 K가 맞장구치거나 자기 감상을 들려주는 걸 좋아했다. 당신과 K가 간혹 엇갈린 회상으로 가볍게 다투기라도 할 때는 그 시절 여러 사건이 감자 덩이처럼 끌려 나오기도 했다.

유년에 대한 나의 기억은 많은 부분 아빠라는 단어에 걸려 있다. 당신은 내게 아빠가 없다고 말하면서 남들 앞에서는 K를 아빠라고 불러도 된다고 했다. 어린 내가 그 헷갈림에 야무지게 시비를 걸었던 적도 있었는데 그때 당신과 K는 집이 떠나갈 듯 큰소리로 웃었다. 나는 당신과 K가 나를 놀리는 것만 같아 얼굴이 달아올랐다. 울 듯 말 듯 한 나를 자기 가슴 위로 번쩍 들어 올린 사람은 K였다.

이 년 전부터 K는 다시 우리 집을 드나들기 시작했다. 큰 지영은 그대로인데 작은 지영은 몰라보게 컸네, K는 당신과 나를 번갈아 보며 한 마디 던지고는 자연스럽게 소파에 앉았다. 잠시 뒤 당신이 식탁에서 저녁 밥상을 차리는 동안 K는 리모컨의 건전지를 갈아 끼우고 오래된 벽시계의 태엽을 감았다. 나는 타임머신을 타고 과거로 돌아간 기분이었다. 그때도 당신은 부엌에서 음식을 준비하며 K에게 큰 소리로 말했고, K는 삐딱한 액자를 손보거나 텔레비전의 화면을 조정했었다.

내가 고3으로 진급하고 당신이 보따리장수라는 강사에서 교수가 되는 동안 K는 어디에 있었을까? 당신과 내가 여행을 다니고 영화와 드라마를 보는 동안 K는 무엇을 하고 있었을까? 여행지에서 만난 사람들이나 백화점의 종업원이 자매끼리 많이 닮았다고 할 때, 그 말을 들으며 당신이 기뻐하고 행복해할 때, 당신에게 '작은 서지영'으로 불릴 때처럼 내가 심통을 낼 때 K는 누구와 같이 있었을까? 궁금한 것이 많았지만 나는 K에게 아무것도 묻지 않았다. 그저 좋아했던 은은한 담배 냄새가 아직도 K의 손끝과 입에서 나는지 코를 흥흥거렸다.

나는 기진 시인에게 다이어리의 한 면을 내밀며 사인해 달라고 말한다. 순전히 당신 때문이다. 언제 전해질지 모르지만 당신을 위한 선물이다. 언젠가 당신은 20분이 넘도록 줄을 서서 받아왔다는 늙은 가수의 사인을 내게 자랑했다. 유명한 시사평론가의 사인을 받기 위해 강연장 앞에서 한동안 기다려 성공한 적도 있다. 종이짝을 들고 달려 나오는 당신이 너무도 환히 웃고 있어서 나는 하염없이 기다린 짜증을 드러낼 수 없었다.

알고 있는지 모르지만, 당신은 자주 '몰랐어'라거나 '잊었어'라고 말해 상대편을 기운 빠지게 했다. 또 사람이나 세상의 중심이 항상 당신이어서, 남의 생각은 모두 틀린 것으로 몰아세웠다. 그건 마치 당신이 좋아하기 때문에 기진 시인의 시는 훌륭한 것이고, 당신이 싫어하기 때문에 ○○일보가 쓰레기인 것과 같은 논리였다. 당신 앞에서는 기진 시인을 욕하거나 ○○일보를 편 들 수 없다. 다른 기호에 대한 당신의 경멸을 감당하느니 차라리 가만히 있는 편이 낫기 때문이다. 나는 당신이 한 가지 능력을 키우느라고 다른 능력들은 퇴화시킨 사람같이만 생각되었다. 당신의 기호가 스스로 만들고 다듬은 게 아니라는 것도 눈치챘다. 대부분 사람이 텔레비전이나 잡지에서 코디나 화장술만 배우는 게 아니라 내재한 관념을 슬그머니 자기화하는 것처럼 당신 또한 어떤 계층 혹은 어느 부류의 습속을 베끼고 있다는 걸 알게 되었다.

당신에게는 김치나 마늘 냄새 대신에 매니큐어나 화장품, 맥주나 와인 향이 났다. 당신의 생활은 여느 아줌마들의 일상과 달랐다. 내가 잘못 온 피자 때문에 배달 라이더와 싸울 때 당신은 유명 오페라를 보기 위해 서울행 비행기에 몸을 실었다. 나를 공개 망신시킨 담임의 차에 껌을 붙일 때 당신은 화제의 중심인물이 되기 위해 책을 읽고 외국을 여행했다. 그럴 때 당신은 나보다 더 철없는 아이처럼 보였다.

  당신은 K에 대해서도 운명이라는 단어를 끌어 붙이기 좋아했다. 하지만 그건 유행가에나 나오는 신파일 뿐이다. 당신은 K의 훌륭한 직업과 능력을 보지만 내 눈에는 K도 여느 인간, 여느 남자와 똑같이 보인다. 당신과 K는 고상하고 차원 높은 연애를 한다고 생각하겠지만 내가 볼 때는 혼자 사는 여자와 유부남의 바람, 그것일 뿐이다. 당신의 K는 현실의 K가 아니라 추상화된 K다. 그리고 당신에게는 나 역시 추상화된 '작은 서지영'일 뿐이다. 그래서 당신은 늘 행복했고 나는 숨 막혔다.

  갑자기 속이 울렁거린다. 나는 반사적으로 아랫배가 푹 들어가도록 힘을 준다. 두 다리에도 힘이 실려 발꿈치가 들리고 발끝이 뾰족하게 모인다. 눈꺼풀이 아래위로 저절로 움직인다. 눈앞이 하얘지고 알 수 없는 기운에 몸이 쪼그라든다.

"왜, 어디 불편해요? 얼굴이 창백해."

  한참 만에 기진 시인이 보이고 그의 말도 들린다. 나는 정신이 조금씩 돌아오는 것을 느끼며 기진 시인을 물끄러미 본다. 검은 눈동자가 선명하여 마치 어린아이의 눈 같다.

반백의 머리칼이나 몇 겹씩 만들어지는 눈주름과는 다른 느낌이다. 아무래도 눈은 생물학적인 나이에서 비켜나 있는 그 무엇인 것 같다.

"방금 비행기가 쑥 꺼지는 것 같던데, 못 느끼셨어요?"

"응? 그랬어요? 난 아무렇지 않았는데."

기진 시인이 스튜어디스를 손짓으로 부른다. 그녀가 가지고 온 와인을 마시니 한결 속이 편하다. 다리를 외로 꼬며 나는 기진 시인에게 고맙다고 말한다. 기진 시인은 자기 잔을 얼굴께로 들어 보이며 웃는다. 나는 기진 시인을 따라 한 모금 더 마신다. 와인이 몸속 혈관을 따라 머리끝으로, 발끝으로 서서히 퍼지는 게 느껴진다. 나는 내 머리를 기진 시인의 어깨로 스르르 내린다. 그러자 그는 상체를 펴서 어깨를 곧추세워 준다.

"델린저 현상이라고 아세요?"

"글쎄요. 모르겠는데."

"일종의 통신장애. 태양 활동이 너무 활발해서 표면이 폭발할 때 여러 입자가 나온대요. 그 입자가 단파를 사용하는 국제 통신에 영향을 미쳐 장애를 일으키는 거죠. 보통 10분 정도인데 어떨 때는 수십 분 동안 계속되기도 해요. 무선통신 두절 현상이라고도 하는데 27일이나 54일이 주기래요."

"오호, 그런데 그게 왜?"

"제가 한 번씩 앞이 안 보이는 때가 있거든요. 아니 눈앞이 온통 까만가? 암튼 그럴 때면 숨이 가빠지고 생각이 끊겨요, 툭. 조금 전처럼요. 몸도 머리도 마음도."

"빈혈 같은 거?"

"빈혈도 주기를 타는가요? 저는 정확한 주기가 있거든요. 델린저 현상처럼 54일요."

여느 때와 다름없다면 내일과 모레는 아파서 꼼짝 못 할 것이다. 하필이면 돌보아줄 사람 하나 없는 낯선 땅에서.

당신과 나는 특이하게 생리주기가 똑같이 54일이다. 어쩜, 그런 것도 다 닮니? 당신의 은근하고 다정한 목소리가 들리는 듯하다. 당신은 당신의 친구들에게 우리가 얼마나 닮았는지에 대해 말하기를 좋아했다. 그럴 때면 귀웅젖이나 사마귀도 당신의 입을 통해 화려하고 특이한 그 무엇으로 치장되곤 했다. 그러나 당신은 당신과 나의 차이점은 애써 묻어두고 싶어 했다. 생리통을 모르는 당신과 달리 나는 생리를 시작하는 첫날과 이튿날은 배가 뒤틀리고 허리가 끊어질 듯해 거의 초주검 상태가 된다. 진통제를 몇 알씩 삼켜도 소용없다. 그저 시간이 흐르기를 바라며 견딜 수밖에 없다. 고통은 일시적으로 머리가 하얗게 비고 무중력 속에 둥둥 떠 있는 듯한 증상으로 시작되었다. 그럴 때면 나는 이 신호가 어디에서 오는지, 델린저 현상을 일으키는 태양의 폭발이 내게는 무엇인지 상상했다. 생리통을 한 번도 경험하지 않았다는 당신과 너무나 다른 신호를 받을 때면 나는 내 성을 결정지은 얼굴 모르는 한 남자, 나의 X염색체를 생각하곤 했다. 당신이 나를 '작은 서지영'으로 붙들어 매는 동안 나는 출생의 반쪽, 어디에도 보이지 않고 누구도 말해 주지 않은 내 반쪽의 기원에 대해 몰두하게 되었다. 당신과의 닮음보다 차이를 생각하는 것이다.

꿈에서 현실로 넘어오는 동안 뺨으로 미세한 떨림이 전해진다. 기진 시인이 몸을 빼면서 일어나는 중이다. 나는 눈을 다시 감는다. 기진 시인의 행동이 너무 조심스러워 가만히 있기로 한다. 나는 옆구리에서 따뜻한 기운이 빠져나가고 그의 다리가 내 무릎을 스쳐 지나간 다음 눈을 뜬다. 기진 시인의 뒷모습이 보인다. 키는 K보다 커 보이고 덩치는 비슷해 보인다. 체크무늬 남방과 청바지 때문인지 약간 굽은 어깨가 도리어 지성적으로 보인다.

"깼네요?"

화장실에서 돌아온 기진 시인이 내 무릎 앞을 지나가며 말한다.

"어깨 빌려주셔서 고맙습니다. 아, 그리고 말씀 놓으셔도 돼요."

"호호, 그럴까. 오래 빌려주고 싶었는데 담배 생각이 나서……"

"여기 금연 아닌가요?"

"맞아. 못 피우니까 화장실이라도 왔다 갔다 하는 거지. 비행기는 담배가 젤 힘들어."

기진 시인은 금단현상이라며 손을 떨고 나는 코를 킁킁거려 본다. 다른 향이 강해서 그런지 담배 냄새는 묻히는 것 같다.

"너도 담배 피우니?"

기진 시인은 아무렇지도 않게 말하는데 나는 흠칫 놀란다. 당신의 손찌검이 생각났기 때문인 것도 같다. 2학년 중간고사 기간, 담임의 호출을 받아 학교에 다녀온 당신은 집에 들어서자마자 나를 불러 세웠다. 나는 당신의 화가 내가 피우다 들킨 담배 때문인지, 어린 여선생에게 머리를 조아린 것 때문인지 생각하며 피식 웃었다. 내가 웃음을 흘리자 당신은 시쳇말로 꼭지가 돌아 나의 뺨을 사정없이 후려쳤다. 이어서 당신의 손과 발이 내 몸 군데군데를 치고 들어왔다. 기분이 나쁘진 않았다. 그 당시 나는 의식을 변화시키는 여러 방법을 써 보던 중이었는데 이를테면 온종일 놀이기구를 타거나 줄넘기를 아주 오래 하기, 아주 매운 음식을 먹거나 연달아 굶기, 또는 아예 안 자기나 초저녁부터 잠자리에 드는 것으로 내 몸과 생각이 어떻게 변화하는가 들여다보기를 좋아했다. 물론 술과 담배도 그런 차원이었다. 출생의 비밀을 기어코 털어놓지 않으려는 당신을 괴롭히고 싶어서였다. 당신이 싫어하는 행동이라면 아빠와 닿아 있을 것만 같았다.

틈만 나면 자기 아빠를 욕하는 친구가 있었다. 아빠라는 단어를 쓰지 않았던 그 친구는 무능하고 거친 아버지가 원망스럽다고, 차라리 죽어버렸으면 좋겠다고 말하곤 했다. 우리는 야한 영화를 보거나 담배를 피웠다. 친구가 아버지를 저주하며 독주를 마실 때, 나는 성씨마저도 내게 남겨주지 않은 한 남자를 골똘히 생각하곤 했다. 목소리나 냄새로 혹은 어떤 형상으로도 그려지지 않은 사람을 상상하는 건 슬픈 일이었다. 한 사람의 흔적을 오로지 내 안에서만 더듬거리며 점점 당신과 멀어졌다.

기진 시인은 좌석 포켓에서 영문 잡지를 꺼내 건성건성 넘긴다. 나는 그리다 만 사막의 눈 기둥에 다시 명암을 넣는다. 지금도 아타카마 사막에는 눈 기둥이 있다. 신화의 시대도 아닌 지금, 아직도 믿기 어렵고 논리로 설명이 안 되는 일이 있다.

기진 시인이 넘겨다보며 뭐냐고 묻는다. 나는 그냥 낙서하는 거라고만 한다.

"잘 그렸는데 뭘, 전공이 디자인?"

"아뇨, 대학 입학도 못 한걸요. 삼수 고민하다가 어학연수 핑계 대고 나가는 거예요."

"원서를 욕심내서 썼나 보네, 요즘은 줄만 서면 들어가는 대학이 많대. 교수들이 입학생 구하려 고등학교 찾아다니는 실정이라더라."

"그런가 봐요. 엄마도 이 짓 하러 내가 교수 됐냐는 말을 자주 하세요. K는 그렇지 않은데."

"K?"

"엄마의 남자친구예요. 아님, 정부인가? K가 있는 학교는 수시 모집부터 박이 터지거든요. 원서 접수비만 해도 몇억씩 들어온대요."

"맞아. 대학 빈부격차도 어제오늘 얘기가 아니지. ……아빠는?"

"엄마 말이 전 아빠가 아예 없대요. 복제 양 돌리처럼 그냥 엄마에게서만 생겨났대요. 성도 엄마 성을 받은걸요. 봄에 감자 눈 오려내 땅에 심으면 몇 달 뒤에 똑같은 감자가 열리잖아요. 그것처럼 내가 왔대요. 그런다고 내가 엄마 클론이 되는 것도 아닌데, 웃기고 구려요."

"무슨 사연이 있겠지, 언젠가는 말해 주실 거고."

어쩌면 어른들은 이런 말밖에 할 줄 모를까? 내막을 아는 듯한 K마저도 똑같은 말을 했다. 하지만 나는 내가 어디에서 왔는지, 왜 몰라야 하는지 모르겠다. 온 길을 모르는데 어떻게 갈 길만 가라는지, 답답하기 짝이 없다.

기내 모니터에 지도가 보이고 현재 위치를 알리는 마린 블루색 비행기가 커서처럼 깜박인다. 도착까지의 소요 시간과 도착지의 시각, 날씨와 기온이 도표로 제시되고 있다. 저 정보에 의하면 한 시간 후에 나는 섭씨 26도의 저녁 공기를 맞을 것이다. K는 호텔에서 하룻밤을 묵은 뒤 어학원을 찾아가는 것까지 가이드를 따라 움직이라고 했다. K는 모든 출국 준비를 해 주었다. 내가 원했던 일이고, 그로서는 어쩔 수 없는 선택이었다. K는 내가 공부할 나라와 학교를 정해 학비와 기숙사비를 보낸 다음 항공권까지 마련해 주었다. K는 당신이 내놓은 돈을 받지 않았다. 당신은 무슨 소리냐고 펄쩍 뛰었지만, K는 내 자식 같기도 하니까 이 정도는, 라며 끝말을 흐렸다. 나는 쓸쓸함과 곤혹감이 교차하는 K의 낯빛을 바라보았다. 그러자 혀끝이 아릿하고 명치뼈 사이로 바람이 들어오는 것 같았다.

"다 와 가지? 아린이 덕분에 덜 지루하게 왔네. 고마워."

"저도요. 그런데, 저, 부탁 하나 드려도 돼요?"

"물론이지."

"저랑 이틀 정도만 같이 있어 주시면 안 될까요? 저, 내일부터 몹시 아플 텐데 낯선 곳이라 무서워요."

"아무렴 아픈 것도 예정이 있을까. ……데이트 신청으로 들어도 되는 거니?"

"좋으실 대로요."

"하, 이것 참. 아린아, 나 아직 남자야, 남자라고. 이 말이 무슨 뜻인지 아는지 모르겠다만."

"오래 만나야 마음이 통하는 건 아니라고 생각해요. 뭐 어때요? 저는 아저씨 바지 앞이 불룩해진 것도 이미 본걸요."

기진 시인이 벌게진 얼굴로 헛웃음을 날린다. 기대와 의심을 동시에 드러내며 기진 시인은 다소 횡설수설한다.

그에게 정해진 일정이 없는 게 다행이었다. 나는 며칠 뒤에 다시 만나는 걸로 하고 내 가이드를 보내면 되겠다고 상황을 정리한다. 기진 시인은 긴가민가한 표정으로 나를 살핀다. 시인도 여느 남자들처럼 사회적 통념에서 벗어나지 못하는 걸까? 생물학적인 나이가 뭐 그리 대단한 것인지, 그들은 어린 여자와의 사귐을 마치 변태 욕구라도 되는 듯 두려워한다.

당신의 친구, 혹은 당신의 정부였던 K도 그랬다. 나와 첫 입맞춤을 하고 난 뒤 K의 얼굴은 마치 쓴 가루약이나 매운 고추를 삼킨 것처럼 붉게 일그러져 있어서, 쳐다보는 사람이 도리어 안쓰러울 정도였다. 내가 그의 가슴팍에 안기려고 하자 K는 둔탁한 몽둥이에라도 맞은 것처럼 비틀거렸으며 나를 밀치고 현관 밖으로 나가버렸다. 하지만 나의 예상대로 얼마 지나지 않아 술에 취한 채 다시 돌아왔다. 앤디 워홀의 메릴린 먼로를 본 즈음이었고, 당신은 무슨 세미나로 제주도로 떠난 날이었다. 나는 K가 당신의 출장을 아는지 모르는지는 그다지 중요하지 않다고 생각한다. 어느 날 문득 달라진 K의 눈빛을 내가 알아챘고, 나 역시 K가 행동으로 다가서는 순간을 기다리고 있었으니까. 당신의 출장이나 K가 마신 술은 단지 그 만남의 시간을 앞당겼을 뿐이지 그 이상의 의미는 없다.

 당신은 내가 외국으로 떠나는 걸 원치 않았다. 재수까지 하고도 대학에 들어가지 못한 내 눈치를 살핀다고 적극적인 반대를 못 할 뿐이었다. 당신은 내가 십 대의 반항을 접었다 믿었고 '작은 서지영'으로 돌아왔다며 기뻐하던 중이었다. 우리는 예전과 다름없이 영화나 드라마를 보며 낄낄거렸고 K와 함께 쇼핑하거나 저녁을 먹었다. 그런 날은 노래방에서 각기 다른 스타일의 노래를 부르고 동네 술집에서 맥주를 마시기도 했다. 당신과 나에겐 평온한 나날들이었지만 K는 힘들어했다. 그는 나를 데리고 시 외곽의 모텔을 드나들면서도 괴로워했지만, 그 일을 그만두지는 않았다.

당신의 노한 얼굴을 상상해본다. 그동안의 일을 알게 된다면 당신은 엄청난 충격을 받을 것이다. 당신은 나를 집에서 내쫓고 K에게는 법적 조치를 취할지 모른다. 어쩌면 당신의 성향대로 모든 것을 운명으로 받아들일 수도 있을 것이다. 어쨌거나 그 모든 것은 불행일 뿐이다. 그래서 나는 당신은 절대로 몰라야 한다는 K의 말에 동의했다. 진실이 꼭 좋을 순 없으니까. 때로는 구체적인 실상보다 추상이 훨씬 행복하고 아름다운 것이니까.

"연애 경험은 있으시고?"

 스케치북을 덮는 내게 기진 시인이 묻는다. 나는 섹스를 말하는 거냐고 되묻는다. 기진 시인은 눈을 크게 뜨면서 어깨를 으쓱해 보이고 나는 웃고 만다. 너, 나를 사랑하니? 술 마신 K가 물을 때도 나는 대답하지 않았다. 사랑하지 않아서가 아니라 사랑의 진짜 얼굴을 모르기 때문이었다. 사랑이라는 게 K가 겁먹는 불온한 혹은 부도덕한 섹스의 면죄부라도 된다는 말인가? 나는 K에게 그런 질문은 그만하라고, 만나지 않든지 즐기든지 둘 중의 하나만 하라고 말했다.

 여권을 되돌려 받으며 입국심사가 끝났다. 다른 줄에 섰던 기진 시인은 아직 나오지 못하고 있다. 다른 피부색과 알아들을 수 없는 언어 때문에 몸과 마음이 위축되었던 나는 숨을 크게 내쉬었다. 낯섦이 아니라 새로움으로, 두려움이 아니라 설렘으로 다가오는 시공간을 느끼며 나는 성큼성큼 걸었다.

화장실에 다녀온 다음 수화물 컨베이어 벨트 앞으로 가자 기진 시인도 와 있었다. 나는 호들갑스럽게 그의 팔을 감았다.

"어, 키가 크시네."

"그러니? 난 방금 네가 아담하다고 생각했어. 딱 좋다."

나는 소리 내어 웃다가 건너편에 서 있는 여자들이 쳐다보고 있다는 걸 알았다. 당신처럼 고상해 보이는 아줌마들이었는데 눈빛이 아주 싸늘했다. 나도 모르게 피식 웃음이 나왔다. 바로 그 순간 기진 시인이 긴 팔로 내 어깨를 감싸 안았다. 나 역시 몸을 더 밀착시키며 놀람에서 경멸로 넘어가는 여자들의 눈빛을 받아냈다.

"재밌어, 정말."

"애국심에 불타는 저 눈들 좀 봐."

눈을 찡긋하며 기진 시인이 말한다. 어디에 이런 장난기가 숨어 있었을까? 한국과 타국의 차이인가, 세계관의 차이인가, 당신과 K에 비하면 기진 시인이 훨씬 탄력적이고 재미있다. 늘 하는 이야기지만 나는 당신의 진지함, 당신의 탐구심이 싫다. 사물을 그 자체로만 보면 안 된다, 상대방의 말도 액면 그대로 받아들여서는 안 된다, 무엇을 보든 그 이면을 보도록 노력하라. 나는 당신의 그런 말들이 싫다. 뭐 그렇게 대단한 게 있단 말인가. 나는 순간이 중요하고 지금 내 눈에 보이는 것만 의미 있을 뿐이다. 표면 뒤의 진실 같은 건 없다. 설사 숨겨진 진실이 있다 해도 구태여 알고 싶지 않다. 나는 '저기'와 '그때'의 의미보다 '여기'와 '지금'을 느끼며 살고 싶다. 당신은 이런 내가 안타깝겠지만 나는 당신이 답답하고 안쓰럽다.

여행용 가방을 밀기 위해 기진 시인과 떨어져 걷는다. 공항 건물 밖으로 나오자 밤인데도 사람들이 많다. 작은 피켓에 적힌 내 이름을 발견하고 그쪽으로 다가가려다 나는 독한 냄새에 걸음을 멈춘다. 비행기를 탔을 때 훅 끼쳤던 동물성 비린내, 바로 그 냄새다. 나는 주위를 둘러본다. 늘어선 나무들이 무수히 많은 흰 꽃을 달고 있다. 아기 손바닥만 한 꽃들로 뒤덮인 나무가 눈 기둥 같아 보인다. 눈 기둥은 아타카마 사막에만 있는 게 아닌가 보았다. 나는 사람들을 비껴서서 하르르 떨어지는 꽃잎 하나를 집어 들어 코에 들이댄다. 잘 느껴지지 않지만 역한 냄새는 아니다. 반들반들해 보이는 나무껍질도 쓰다듬어 본다. 모래 알갱이 같은 표면이 손바닥에 서걱거린다.

명함을 주면 며칠 뒤에 연락하겠다고 내가 말하자 키가

크고 우락부락하게 생긴 가이드가 인상을 구긴다. 나는 고개를 치켜들고 약속대로 나를 데려다준 것으로 하라고, 책임은 내가 지겠다고 맞선다. 그래도 가이드는 K의 특별 부탁을 강조하며 그럴 수 없다고 한다.

실랑이는 기진 시인이 끼어들어서야 멈추어진다. 가이드는 공항 안의 한국 여자들과 똑같은 표정을 던지고선 나를 놓아준다.

바람이 불고 하얀 꽃잎이 떨어진다. 나는 앞으로 살아갈 짐을 끌며 낯설지만 새로운 거리를 걷는다. 나는 한때 K를 디뎠듯 이제 기진 시인을 징검다리 삼아 새로운 세상으로 편입할 것이다. 당신은 앨범을 뒤적이거나 와인을 마시며 나를 기다리겠지만 언제 돌아갈지는 모르겠다. 다시 한번 말하지만 나는 지금, 이 순간만 생각할 뿐 내일에 대한 계획 따위는 없다. 나는 '작은 서지영'이 아니라 '서아린'이니까.

송별

길은 시 경계에서 두 갈래로 나뉜다. 인근 도시 국도로 빠지는 쪽과 달리 해안도로는 승용차 한 대가 빠져나갈 정도로 좁다. 길은 초소에서 끝나고 마을은 국도에 맞닿은 가파른 언덕과 해안도로 사이에 옴폭 들어앉은 모양새다. 구부렁한 골목을 따라 집들이 낡아가고 바닷가에는 횟집이 줄느런하다.

영진은 방파제 옆을 지나간다. 주말이면 낚시꾼으로 붐비는 곳이지만 오늘은 조용하다. 횟집도 마찬가지라서 어느 가게 할 거 없이 한산하다. 건들건들 걷다 보니 어느새 초소 앞이다. 용도 폐기되어 콘크리트 흔적만 남아 있어도 여전히 초소로 불리는 곳이다. 아무렇게나 자란 버드나무에 가려져 있어 그냥 지나칠 법도 하지만 영진은 걸음을 멈춘다.

나무에 매미가 벗어놓은 허물이 매달려 있다. 여름 내내 뜨겁게 울었던 매미는 구애의 결실을 보았을까, 언젠가 부화할 유충이 나무뿌리에 붙어 있을까, 요즘 따라 유달리 생각이 많아져 허물 하나에도 의미를 부여하게 된다.

영진은 페인트칠이 얼룩덜룩한 초소 벽체와 계단을 상상하고 바다를 바라보는 망루에 군복 입은 자신을 세워 본다. 아무래도 어울리는 그림이 아니다. 한숨이 나고 마른침이 고인다. 어느새 열흘 앞으로 다가온 입대가 부담스럽기만 하다.

동굴에 도착한다. 영진은 허리를 구부려 안으로 들어간다. 주상절리(柱狀節理) 바위가 삼각뿔 모양으로 만나면서 생긴 그곳은 팔을 뻗으면 이쪽 벽과 저쪽 벽에 닿을 정도로 좁다. 그래도 햇빛과 바람을 막아주어 시간 보내기엔 안성맞춤이다. 영진은 며칠째 걷지 않은 에어매트 위에 누워 으르렁거리는 바다를 본다. 바위 밑동으로 드나드는 파도가 사나워 보인다. 아무렇게나 걸쳐 입은 운동복 사이로 들어오는 바람도 제법 차다. 하긴 벌써 시월 중순이다. 영진은 몸을 일으켜 밖으로 나온다. 바다에는 이천만 년 전에 만들어졌다는 주상절리들이 푹푹 박혀 있다. 그 기암괴석들을 보러 주말이면 관광객이 모인다. 그들은 무엇을 보고 무엇을 느끼는 것일까? 표지판 글귀처럼 자연의 신비로움이나 축적된 시간의 장엄함에 몸을 떨 수 있겠지만 여기서 나고 자란 영진에겐 권태로운 풍경일 뿐이다. 어머니는 주상절리 덕분에 굶지 않으니 얼마나 고맙냐고 한다. 고만고만한 횟집과 낚시 배, 민박으로 살아가는 마을 사람들도 같은 생각일 텐데 이웃 포구처럼 대형 회센터나 브런치 카페가 밀려오면 어떨지 모르겠다.

짧은 산책의 끝 지점은 언제나 곰솔이다. 수령이 삼백 년 이상인 이 노거수는 둥치가 세 아름이 넘고 버팀대만 하더라도 열 개쯤 된다. 키는 그다지 높지 않아 영진이 손을 뻗으면 가지에 닿을 정도다. 영진은 둥치 앞에서 출발해 발걸음 수를 센다. 남쪽으로 스무 걸음, 동쪽으로 열여섯 걸음, 서쪽으로 다섯 걸음, 북쪽으로는 셀 수 없다. 동네 유일의 다세대 건물이 가로막고 있기 때문이다. 돌담과 마당, 건물 일부까지 나뭇가지가 드리워진 '소나무집' 일 층에 정환이 살고 있다. 영진은 그늘진 정환의 방을 기웃거린다. 아랫입술을 지그시 깨문다. 입안에 침이 괸다. 엄벙덤벙하다가 여기까지 왔지만 멈추진 못할 것 같다. 영진은 터져 나오려는 마음을 가두기 위해 다시 입술을 깨문다. 습관처럼 숨을 크게 쉰 다음 돌아선다.

돌아오니 어머니가 메뉴판을 들고 방에서 나오고 있다. 손님이 든 모양이다. 평일 조식 손님이라니, 의외다. 밑반찬

담아라. 주방으로 들어가며 어머니가 이른다. 혼자 해도 될 일까지 아들을 부려 먹지 못해 안달이다. 영진은 인상을 구기며 찬그릇을 챙긴다. 그 사람들이야. 바글바글 끓는 매운탕을 내며 어머니가 소곤거린다.

영진은 1번 방 앞에서 인기척을 낸다. 어제저녁에 무심코 들어갔다가 민망한 장면을 맞닥뜨린 기억 때문이다. 희고 긴 손가락이 인상적이었던 남자는 어제와 달리 여자 건너편에 앉아 있다. 여자는 체크 원피스로, 남자는 양복으로 갈아입었다. 영진은 남자의 큰누나나 이모뻘로 보이는 여자를 흘끔거리며 밥과 반찬을 식탁에 올린다. 여자는 휴대폰에 얼굴을 박은 남자를 그윽하게 바라보고 있다. 눈에서 반지르르한 기운이 흘러내린다. 저토록 빛나는 표정은 어디에서 오는 걸까? 뜨거운 사랑이라고 믿는 걸까? 영진이 매운탕을 올리자 남자가 기다렸다는 듯이 숟가락을 든다. 여자는 여전히 남자만 바라보고 있다.

어머니는 어느새 나들이 차림이다.

"나갔다 올게, 손님 가면 상 치워 놔."

마음은 벌써 저만치 달아나 있는 목소리다. 화장품 냄새가 생선 비린내보다 역하다. 울컥 치미는 적의에 영진은 못 들은 척한다. 어머니가 남자를 만나는 걸 막겠다는 건 아니다. 서둘러 사랑에 빠지고 쉽게 사그라지는 어머니의 패턴이 싫을 뿐이다. 영진이 사람을 사귀지 못하는 이유이기도 하다.

  영진은 불어 터진 면발을 휘휘 젓는다. 군대 가면 라면만큼 맛있는 게 없다고들 하지만 지금은 그렇지 않다. 붉은 국물 가운데로 정환이 떠오른다. 영진은 머릿속의 영상을 내치면서 싱크대에 라면을 쏟는다. 머리를 비우는 데는 단순 작업이 좋다. 개수대에 쌓인 그릇을 설거지한다. 몸도 그릇처럼 세제 묻힌 수세미로 빡빡 닦고 싶다. 흐르는 물에 헹구어 말리면 좋겠다.

  벽시계에 눈이 간다. 영진은 걸레를 들고 밖으로 나온다. 커피 자국과 날벌레들이 죽어있는 평상을 닦는다. 다시 시계를 본다. 바퀴가 구르는 소리, 잠시 뒤 경적이 울리고 정환이 얼굴을 내민다. 이 정도면 표시 안 나게 시간을 잘 맞춘 셈이다. 하지만 자신의 마음에는 아직 자신이 없다. 정환은 자주 말했다. 나는 네 감정도 한순간에 알겠던데…… 그 말이 떠오르자 영진은 고개를 흔든다. 쉽게 빠지고 오래 못 가는 어머니의 몰두 그 이상이 아닐 것이다. 영진은 다시 마음속으로 읊조린다. 사랑 따위는 믿지 않는다, 감정은 바위 아래로 들어왔다가 이내 나가는 파도일 뿐이다……

  "타. 나가자."

신경이 바짝 서지만 영진은 못 들은 척한다. 미세하게 흔들리는 정환의 목소리가 좋으면서도 영진은 여전히 가만히 있다.

"내 볼 일은 한 시간이면 돼. 그동안 피시방에 있으면 되잖아."

"가게도 비었고…혼자 가세요."

영진은 짐짓 태연하게 말하며 정환의 시선을 살핀다. 천천히 몸을 돌려 가게 안으로 들어가며 급하게 자동차 문을 여닫는 소리, 빠르게 움직이는 정환의 기척을 느낀다. 영진은 단숨에 말랑말랑해지는 몸과 마음을 느끼면서도 그 모든 걸 예상하는 자신이 싫다. 극과 극을 오가는 자신의 마음을 도무지 알 수 없다. 정환이 영진의 손을 잡는다. 영진이 슬그머니 빼는 시늉을 하자 더 세게 잡아끈다.

"갑자기 왜 그래? 내가 뭘 잘못했어?"

"아무 일 없어요. 다녀오세요. 컨디션이 별로고 게임도 지겨워서 그래요."

"어디 아파? 간밤에 바람이 너무 찼나?"

"아니에요. ……다녀와서 동굴에서 만나요. 할 얘기 있어요."

정환은 계속 미심쩍은 표정이다. 영진은 약속 시간 늦겠다며 그를 밀어낸다. 마음은 두고 몸만 빠져나가는 사람처럼 정환이 허정허정 멀어진다.

영진은 자동차 꽁무니를 바라보다가 바다로 시선을 옮긴다. 잔뜩 흐린 대기 위로 물결이 너울거린다. 이별하기 좋은 날인가, 영진은 손톱 거스러미를 뜯으며 혼잣말을 한다. 병풍 같기도 하고 무너진 목재 더미 같기도 한 주상절리에 눈을 비끄러맨다. 기암괴석과 방파제를 보는 영진의 눈이 먼 과거를 더듬는다.

바다는 어린 영진과 친구들의 놀이터였다. 여름이면 등껍질이 벗겨지도록 수영을 하고, 줄낚시로 고기를 잡거나 게를 낚아 올렸다.

초등학교 6학년 때였다. 달이 유난히 밝은 어느 가을밤, 영진은 긴 해안도로를 혼자 걸었다. 숙제한다고 친구 집에 갔다가 그만 잠들어 버렸던 것이다. 보름 달빛을 받은 바다는 은색으로 번들거렸고, 길은 코스모스를 알아볼 만큼 환했다. 하지만 아무리 달빛이 밝다고 하나 밤은 밤이었다. 무섬증과 요의를 느끼며 서둘러 걷던 영진이 갑자기 걸음을 멈추었다. 초소에서 두 사람이 내려오고 있었기 때문이었다. 그때만 해도 군인들이 번갈아 가며 초소를 지켰다. 밤중에 해안을 어슬렁거리면 간첩으로 여겨 바로 사격한다는 얘기를 떠올린 영진은 동굴 뒤편으로 몸을 숨겼다. 그런데 두 사람도 동굴 쪽으로 오고 있었다. 군복 남자가 들고 있는 총신이 달빛을 받아 번쩍였다. 영진은 도망가야 한다고 생각하면서도 오금이 저려 꼼짝할 수 없었다. 두 사람은 동굴 앞에서 잠시 주위를 둘러보았다. 반대편에 몸을 감춘 영진은 다행히 들키지 않았다. 동굴 안으로 들어가자마자 그들은 급하게 엉겼다. 입을 맞추고 서로의 몸을 더듬더니 바지를 내렸다. 영진의 가슴이 두방망이질 쳤다. 그 소리가 새어 나갈 것 같아 입술을 깨무는 사이에 그들 중 한 사람이 벽에 기대섰다. 그 순간 남자의 얼굴을 정면으로 본 영진은 소리를 지를 뻔했다. 어른들이 큰 인물 났다고 입 모아 칭찬하던 정환이었기 때문이었다. 정환은 마을 최초로 일류대에 진학한 수재로 졸업과 동시에 대기업에 취직한 사람이었다. 이제 부잣집 사위가 된다며 바로 얼마 전에 그 아버지가 동네잔치까지 열었다. 영진 또래들이 가장 많이 들은 말도 나중에 정환처럼 좋은 대학에 가야 한다였다. 그런 그가 거친 신음을 내고 있었다. 희미한 달빛이 얼비쳐 표정이 이상야릇하게 보였다. 점점 일그러지고 광포해지던 그의 얼굴에 미소가 번진다 싶은 어느 순간, 영진은 자신의 아랫도리가 뜨뜻해지는 것을 느꼈다. 오줌이었다. 그 이듬해 중학생이 된 영진은 성교육 수업을 받았고 다른 애들과 마찬가지로 몽정을 하기도 했다. 그런데 그럴 때마다 동굴 속의 그 장면이 떠올랐다. 그때 보았던 정환의 얄브스름한 귓불과 정맥이 도드라진 손이 생생했다. 가슴 속에서 뜨거운 기운이 훅 솟구쳐 숨구멍이 막혔다. 얄망궂은 상상에 목이 타고 심장이 벌렁거렸다. 그럴 때마다 영진은 창을 열고 동굴이 있는 쪽을 오래 바라보았다. 파도 소리가 귀에 웅웅거리고 이상하게 자꾸 어지러웠다. 입에서 단내가 나기도 했다.

그런 정환을 서너 달 전에 다시 만났다. 하필이면 그 동굴에서였다. 동굴 안에 누워 있던 그는 영진이 들어서자 천천히 몸을 일으켰다. 둘의 시선이 허공에서 잠시 만났다가 다시 엇갈렸다. 영진은 단번에 그를 알아보았다. 열 살 이상 차이 나고 정환이 줄곧 서울에 살았으니 한동네 출신이라도 정환이 영진을 알아볼 리는 없었다. 정환은 어깨가 약간 구부슴할 뿐 얼굴은 여전히 희고 맑았다. 회사에서 잘리고 아내와도 헤어졌다는 소문과는 한참 동떨어져 보였다.

호주머니에서 휴대폰이 진동한다. 정환이라고 생각하자 팔에 오소소 소름이 인다. 영진은 폰을 꺼내는 짧은 순간이나 저만치 다가오는 사람을 바라보는 잠깐이 좋다. 반면 상대방과 통화할 때나 대화할 때면 이상한 반발이 생긴다. 자신을 바라보는 또 하나의 인격이 스멀거리기 때문이다. 영진을 물끄러미 바라보는 그 시선은 늘 무언가를 힐난했다.

액정에 뜬 이름은 어머니다. 정환이라고 단정 지었던 게 무색하다. 영진은 왜 전화했냐고 퉁바리부터 놓는다.

"그래, 내일 아침에 꼭 떠날 거야? 집에 있다가 제날짜에 입대하면 되지, 꼭 그럴 거야?"

"지도교수님 뵙고 친구들 만난다고 했잖아요."

물론 거짓말이다. 특별히 만날 교수나 친구는 애당초 없다. 목까지 차오르는 집착을, 딱 그만큼의 혐오를 견딜 수 없을 따름이다.

"그래, 알겠다. 필요한 거 없어? 사 갈게."

"아무것도. 있는 것도 다 정리할 판이야."

"영진아, 그럼 내 부탁 하나 들어주라."

어머니의 목소리가 갑자기 은근해진다. 생미역같이 미끈거려 영진은 몸을 부르르 떤다. 역시 예감대로다. 어머니는 영진이 가장 피하고 싶은 상황을 들이밀려고 한다.

"김 사장님이 밥이라도 한 끼 먹여서 보내자 하네. 시내로 나오라 하면 안 들을 거고, 우리가 들어갈게. 저녁 같이 먹자."

"뭐? 우리?"

"아이, 영진아, 그렇게 알고 끊는다. 첫인사니 이왕이면 좀 변변한 옷으로 갈아입고."

화가 머리 꼭대기까지 치민다. 도대체 아들의 감정 따위는 아랑곳없다. 영진은 휴대폰을 던져 버리려다 그만둔다.

대신 건너편 주상절리 앞에 선다. 저 바위처럼 평생을 한결같이 살라는 건 아니다. 벌써 몇 번째 남자를 바꾸는 어머니를 이해할 수 없을 뿐이다. 한순간 감정인 줄 알면서도 상대에게 고꾸라지는 어머니, 자식도 장사도 뒷전으로 물리면서 남자에게 게걸스럽게 몰입하는 어머니가 경멸스럽다. 그럴 때마다 영진은 결심한다. 아무리 물이 들고나도 표정 하나 바꾸지 않은 저 바위처럼 살 것이다. 잠시 너울이나 해일에 몸이 잠길지라도 이내 뽀송뽀송하게 마를 것이다 ….

영진은 심호흡을 크게 하고 몸을 쭉 편다. 먼바다로 눈을 돌린다. 남녀 한 쌍이 방파제 끝에 서 있다. 영진은 그 커플을 알아본다. 여자의 한 손은 바람에 날리는 원피스 자락을 붙잡고 나머지 한 손은 남자의 허리에 감겨 있다. 유약하게만 보였던 남자의 모습도 멀리서 보니 당당하고 늠름해 보인다. 여자의 어깨를 감싸고 있는 힘이라면 이 세상의 어떤 어려움도 극복할 수 있을 것 같다. 영진은 다시 심호흡한다. 멀리서 보니 그렇지, 가까이에서 보라구. 영진은 여자가 풍기던 비릿한 향수 냄새를 떠올리며 혼잣말을 한다. 여자와 어머니가 겹쳐진다. 영진은 퉤퉤, 침을 뱉은 다음 돌아선다.

정환이 상냥하게 부닐며 약 봉투를 내민다. 에너지 음료의 따뜻함이 고스란히 전달된다. 애정을 받는 게 이런 것일까? 영진의 마음에 널따란 파문이 인다. 동굴 밖 하늘이 무거워 보인다. 곧 비가 쏟아질 것 같다. 영진은 벽에 등을 기댄 채 입을 연다. 최대한 가벼워 보이고 싶다. 몇 번이나 망설였던 말을 남 이야기하듯 화닥닥 내뱉는다.

"나, 군대 가요."

왼편에 기대앉은 정환이 영진을 쳐다보며 눈을 동그랗게 뜬다. 목젖과 얼굴을 예민하게 떤다. 안쓰럽다. 손이라도 잡아주고 싶다. 하지만 영진은 미리 마음먹은 대로 단호하게 말한다.

"못 들었어요? 입대한다고요."

"신검받는다는 말도 없더니만 무슨 영장이 나와? 휴학한 지 얼마 됐다고."

"신검은 예전에 받았어요. 얘기 못 한 것은 미안해요. 할 수가 없었어요. ……오늘 밤에 술이나 마셔요, 송별회 삼아."

입영 통지서가 나온 날이 바로 그날이었다는 말을 영진은 차마 못 한다. 군대 가면 그만이니까 시작했냐고 따지면 할 말 없다. 그게 사실이니까. 그 당시 영진은 입대 전 두어 달이 한정 없이 무료했다. 그래도 학원 수강이나 아르바이트는 하고 싶지 않았다. 당연히 정환과 사귄다는 건 상상조차

하지 않은 일이었다. 술 때문에 엉겁결에 생긴 일이었으니 그 이후에는 만나지 말았어야 했다. 하지만 영진은 여전히 정환의 달변을 듣거나 같이 술을 마셔왔다. 곰솔 주위를 맴돌거나 동굴에서 그를 안았다.

그날, 그러니까 사내와 어머니가 놀아나는 모습을 본 날, 영진은 친구와 낮부터 술을 마셨다. 아무리 취해도 해사하니 웃던 어머니와 어머니 머리를 만지던 사내가 자꾸 떠올랐다. 비칠비칠 택시를 타고 집으로 돌아오니 해 질 녘이었다. 영진은 혜근거리는 걸음으로 동굴에 갔다. 바다는 시내에서 만난 어머니 얼굴처럼 적당히 붉었다. 노을이 비치는 동굴에는 정환이 이미 누워 있었다. 그동안 풋낯 사이는 면했던 터라 영진은 정환 옆에 풀썩 주저앉았다. 망설임 없이 술 사달라고 말한 것은 오전에 받았던 입영 통지서와 낮에 만났던 어머니 때문이었을 것이다.

나중에 정환은 술이 시간을 앞당겼다고 말했다. 그랬을 것이다. 그날 영진이 소주를 더 달라고 떼쓰지 않았거나 정환의 옷에 구토하지 않았더라면, 거의 의식을 잃은 상태로 정환의 방에 가지 않았더라면 그렇게 갑자기 엉켜 들 수 없었을 것이다. 정환은 꼭 그날이 아니라도 만났을 거라고 했지만 영진은 정환이 바위 밑동을 치고 지나가는 작은 파도라고 생각했다. 두 달만 지나면 파도 따위는 흔적도 없이 사라질 것이라고 믿었다. 그런데 그게 아니었다. 자신의 마음을 지나치게 믿었거나 너무 방심했던 걸 영진은 최근에야 알았다. 항상 오늘이 마지막이라고 다짐했지만 다음 날 아침 눈을 뜨면 어느새 정환을 생각하고 있었다. 매 순간 영진은 자신을 이해할 수 없었고 야릇한 열기 속에 빠진 자신을 건져낼 수도 없었다. 정환은 영진이 불안해할 때마다 어떤 사랑이든 다 똑같다고 항변하곤 했다. 하지만 영진의 내면은 그 말에 대한 반발과 동조가 하루에도 수십 번씩 자리다툼을 했다.

"입대가 언제야?"

침묵을 깨고 정환이 말한다. 그는 뭍에 버려진 물고기처럼 말라 보인다. 영진은 마음이 애잔해진다. 세상에서 처음으로 영진을 따뜻하게 바라봐 주는 사람이다. 어릴 때부터 잘하라는 말만 들어온 영진에게 그러니 얼마나 마음이 아팠겠냐고 말해 준 사람이다. 하지만 영진은 마음으로부터 세차게 고개를 흔든다. 어머니의 비릿한 화장품 냄새가 떠오른다. 무슨 얼어 죽을 사랑이란 말이냐, 감정이란 주상절리의 밑동을 드나드는 물결일 뿐이다……

"며칠 남았지만 ……내일 가려고요……"

크게 치뜨는 정환의 눈동자가 홍합 껍데기같이 새까맣다. 주먹 쥐는 손등에 푸른 핏줄이 돋는다.

"말없이 가면 아무 일 없는 게 되나? 네가 부정해 온 것처럼."

그동안 들어보지 못한 격한 음성으로 정환이 말했다. 영진은 넘어온 탁구공을 치듯 대꾸한다. 억누른 반발심이 시킨 말에 영진 자신이 먼저 놀란다.

"그럼 제대할 때까지 기다릴래요? 당신은 금방 다른 사람 만날 거잖아요. 어차피 끝날 일이에요."

"왜 그리 삐딱해? 내 마음 몰라? 너야말로 사람 감정 가지고 놀았구나. 혼자 내뺄 구멍 만들어 놓고 노니 재밌었어?"

"그, 그건 아니에요. 단지……"

정환이 영진의 손을 끌더니 짧은 순간 입술에 대었다가 내려놓는다. 영진은 손이 잡힌 채로 정환의 말을 듣는다.

"그래, 순간적으로 놀라긴 했지만 ……극단적으로 생각할 거 없어. 군대 가면 그 형편대로 맞추면 되는 거 아닌가? 휴가 때 만나고 요즘 군대는 폰도 쓰게 한다며."

"난 사랑 그따위 안 믿어요. 더군다나 우리는 씨발……어디 드러낼 수도 없잖아요. 돌이켜 봐요. 우리가 미래 얘기를 나눈 적 있는지."

"……그건 오해야. 나는 커밍아웃하고 이혼당한 놈이야. 너보다 나이도 훨씬 많고. 그런 내가 이제 겨우 스물한 살짜리에게 미래를 의논하자 하겠어? ……그럴 순 없지. 생각해 봐. 무엇이든 내가 먼저 요구한 게 있는지."

"그야, 내가 먼저 시작하고 내가 더 좋아하고……"

"아니, 아니야. 내가 늘 말했잖아. 바다에 돌만 던지고 있어도 왜 이리 좋으냐고. ……아직도 모르겠어? 너와 있으면 모든 게 빛나니까."

정환의 말 한마디 한마디가 차가운 아이스크림을 삼켰을 때처럼 영진의 몸에 콕콕 박혔다. 밖은 여전히 흐렸지만, 영진의 마음속 늪개는 그치는 것 같았다.

"나는 내가 장난이고 순간인 줄 알았어요. 당신을 믿지도 않았어요. ……싫지만 디엔에이가 그래요. 그런데…… 아이씨, 왜 이리 복잡한지 모르겠어. 마음이 진짜 지랄 같단 말이에요."

영진은 처음부터 도망갈 구멍이 있었다는 말은 하지 않는다. 목까지 차오르고 있는 다른 말도 삼킨다.

"내일 떠날 거면 같이 가자."

이별의 인사를 건네려던 영진은 난감하다. 그런데 난감함을 덮을 만큼 행복하다. 마음 깊은 곳에서 가장 바랐던 일이라고 뒤늦게 깨닫는다. 혼자 정리할 시간을 갖고 싶다고, 내 감정을 들여다보기 혼란스럽다고, 점점 극단으로 치닫는 관계가 무섭다고…… 며칠 동안 별렀던 말들이 일시에 사라진다. 머릿속 안개가 걷히니 훌쩍 자란 기분이다.

"학원은 어쩌고요? 나중에 다시 의논해요. 지금 수업 가야 하잖아요."

낙향한 정환의 직업은 학원 강사다. 일류대 출신이라는 간판 때문인지 남들보다 적게 일하고 월급은 많이 받는다. 정환은 대기업 과장보다 강사가 더 좋다고 했다. 같은 어법으로 부잣집 아내보다 영진을 더 사랑한다고 했다.

"엄마와 저녁 먹기로 했는데 웬 남자를 데리고 온대요. 송별회라나, 흐, 핑계가 필요했겠지요. ……당신도 올래요?"

엉겁결에 뒤따른 말인데 뱉고 보니 영진이 가장 바라던 것 같기도 하다. 바닷물이 튕긴 듯 놀라던 정환이 표정을 고치며 말한다.

"으응, 그러지. ……자신 있어?"

스스로 치러야 할 송별은 끝낸 양, 영진은 고개를 끄덕인다. 정환이 마른침을 삼키며 말한다.

"몇 시지? 수업 마치면……"

"늦어도 상관없어요."

초저녁이다. 온종일 끄물끄물하더니 는개가 내린다. 장사 안되는 평일에 는개까지 흩뿌리니 손님이 들 리가 없다. 빤히 알긴 하지만 서슴없이 가게 문을 내리는 어머니가 얄밉다. 어머니는 상기된 얼굴로 음식을 준비하고 있다. 사내가 샀다는 소고기로 전골을 끓인다. 숯불구이가 최고라던 어머니는 가뭇없이 사라지고 없다. 게다가 어머니는 연신 영진에게 눈짓으로 손님방을 가리킨다. 거기 앉아 있는 사내와 무슨 이야기든 하라고 한다.

어둡고 습한 바다에 파도 소리가 웅얼거린다. 밖으로 나온 영진은 담배에 불을 붙인 다음 휴대폰을 열어본다. 기대했던 정환의 메시지는 없다. 어두침침한 주상절리에 새들이 모여 있다. 낮에 보면 바닷가 갈매기들은 늘어선 병사 같다. 언제나 같은 방향만 보는데 시선의 끝은 공허다. 공허를 향한 몰입, 영진은 그게 무섭고 싫었다. 멍청한 갈매기, 영진은 돌멩이를 던져 갈매기의 몰입을 깨뜨리곤 했다. 영진은 다시금 치드는 회의감에 몸서리를 치며 휴대폰을 연다. 변화 없는 액정을 들여다보다가 영진은 그만 담배를 놓치고 만다. 줍기 싫다. 영진은 습기와 어둠 속으로 사르르 몸을 감추는 담배를 본다.

사내의 말투는 조곤조곤하다. 오랫동안 꾸려온 페인트 가게며 번듯하게 성장한 자식들에 대해 이야기한다. 낯꽃 핀 어머니는 틈나는 대로 끼어들어 사내의 겸손을 지적한다. 외국어를 쓰는 것도 아닌데 사내의 말을 부풀려서 통역하고 싶어 한다. 영진은 문득 아침나절에 보았던 커플을 생각한다. 지금 어머니는 공교롭게 그 여자가 앉았던 자리에 앉아 있다. 건너편 사내를 바라보는 반질반질한 눈빛이 그 여자와 다르지 않다. 사내 앞으로 반찬을 밀어주는 손길도 다정하다. 사내와 어머니는 연신 벙실거리는데 영진은 비아냥거리게 된다. 원피스 여자를 볼 때도 그랬다. 이번엔 어머니의 자리에 정환을 앉혀 본다. 그의 그윽한 눈빛을 떠올리는 것만으로도 얼굴이 붉어진다. 어떤 사랑이든 다 똑같다는 그의 말도 떠오른다. 영진은 벽시계를 흘끔거린다. 초조해진 마음으로 휴대폰도 꺼내 본다. 사내가 부어주는 술을 마셔도 입이 마른다. 뜨거운 기운이 가슴 밑바닥을 훑는다. 정환은 어디쯤 오고 있을까? 오긴 하는 건가. 영진은 다시 상 아래로 손을 내린 채 휴대폰을 연다.

"어? 영진이 너, 연애하는구나."

떼구루루 구르는 어머니의 말에 영진은 얼른 고개를 든다.

"폰 만지는 것만 봐도 알겠다. 요즘 이상하다 싶더니 그런 거였어?"

영진의 얼굴이 벌게지자 어머니는 한술 더 뜬다.

"아휴, 여행가겠다는 게 다 꿍꿍이셈이 있었구나. 어떤 여자야? 사진 보여 줘."

신파도 이런 신파가 없다. 어머니의 비릿한 냄새가 고스란히 옮겨 앉는 느낌이다. 입안에 침이 괴고 팔에 오소소 소름이 돋는다. 영진은 앞니로 자근자근 입술을 깨문다. 정환을 뇌리에서 지워야 한다는 생각과 휴대폰을 열고 싶은 마음 사이를 오락가락하면서 영진은 어머니와 사내를 본다. 서로를 바라보는 눈길이 심상치 않다. 피식 웃음이 난다. 공손치 못한 상상이 끊이지 않는다. 누가 무릎을 간질이는 듯한 자극이 온몸으로 스멀스멀 퍼진다. 이상한 반응이라 생각하면서 영진은 계속 정환을 생각한다. 가슴이 더워지고 숨이 가빠온다. 무엇이 왱왱거리는 소리, 쌩하고 달리는 소리 같은 게 들리는 것 같다.

사내가 떠난 뒤 영진은 카운터에 앉아 커피를 마신다. 어머니는 잔뜩 부은 얼굴로 설거지를 하고 있다. 영진은 개수대 앞에 선 어머니의 옆얼굴을 바라본다. 어머니 어깨가 들썩인다. 큰 숨을 뱉으며 감정을 가라앉히는 자세다. 그릇을 씻다 말고 멍하게 벽을 바라보기도 한다. 영진은 뒤가 좀 켕긴다. 사내의 물음에 공손히 대답하지 않았고 딴짓만 해댔다. 용돈으로 쓰라는 돈도 끝내 받지 않았다.

영진은 설거지를 마치고 나온 어머니에게 말한다.

"커피?"

어머니는 긍정도 부정도 하지 않은 채 출입문 앞에 선다. 영진은 커피를 건네며 어머니와 나란히 선다. 밖에는 아직도 는개가 내리고 있다. 영진은 무심결에 담배를 꺼냈다가

도로 넣는다.

"피워도 괜찮다. 군대 가면 어른인 거지."

진심으로 하는 말인지 비꼬는 말인지 모르겠다.

"…내일 움직일 거니? 여자 친구하고?"

"모르겠어. 일어나 봐서……"

"무슨 대답이 그러니. 약속한 거 아니야?"

주머니에서 휴대폰이 울린다. 그 떨림이 도미노처럼 영진의 온몸으로 퍼져나간다.

밖이 수런거린다. 는개 사이로 사람들이 보인다. 어머니는 문을 열고 지나가는 사람에게 무슨 일이냐고 묻는다. 뭔 일이 터졌다고 한다. 영진은 어머니에게 이끌려 거리로 나온다. 동네 사람들이 이 골목 저 골목에서 나오고 있다. 초소 앞은 이미 어수선하다. 경광등을 밝힌 경찰차에 구급차까지 바쁘다. 경찰차의 헤드라이트가 자갈밭을 비추고 있다. 사람이 물에 빠졌다고 웅성거린다. 영진은 간이 철썩 내려앉는 기분이었다.

잠시 뒤 어머니가 눅눅한 목소리로 말한다.

"저, 저 봐라. 영진아. 저 사람, 우리 집 손님이야."

영진은 어머니의 손끝을 쳐다본다. 영진은 저녁과 아침을 먹고 갔던 남자를 한눈에 알아본다. 젖은 남자는 당황하는 기색이 역력하다. 그 사이 구조요원이 여자를 끌어내고 있다. 자갈 바닥에 뉘어지는 여자는 역시 체크 원피스를 입고 있다. 영진은 찌릿한 전기가 가슴을 관통하는 느낌을 받는다. 구조요원이 인공호흡을 하는 사이 들것과 담요가 날라져 온다. 사람들이 빙 둘러선 틈을 비집고 양복 입은 남자도 달려든다. 남자는 허깨비처럼 여자의 몸 위로 쓰러진다. 살았나 봐, 웅성거리는 소리가 여기저기서 한숨처럼 새나온다. 어깨를 들썩이며 늘키던 남자가 점점 크게 울었다. 잠시 후 여자를 누인 들것이 구급차로 옮겨진다. 경찰이 남자를 일으켜 같이 이동한다. 차에 오르기 전 경찰과 남자가 약간의 실랑이를 벌인다. 상세한 내용은 들리지 않고 동굴이니 초소니 하는 소리만 귀에 들어온다. 잠시 뒤 여자와 남자를 태운 구급차와 경찰차가 사라진다. 남은 사람들만 삼삼오오 모여 떠든다. 죽음과 삶의 경계는 이렇게 뜨거운가, 사람들이 열에 들뜬다.

"경찰이 묻더라고요. 왜 동굴로 갔느냐? 남자를 의심한다는 거 아니겠어요. 제가 볼 때는 말이에요, 남자가 여자를 유인해서 초소에 올라갔어요. 아, 물론 미리 마음을 먹은 게 아닐 수는 있어요. 그곳에서 무슨 다툼이 있었을 수도. 아무튼 적당한 순간에 여자를 밀친 것만은 분명해요. 도망 중에 잡힌 거란 말입니다."

"아니야, 서로 좋아하는 사이라면서 그럴 리가 있겠어?

신고도 남자가 했다는데."

반박을 당하자 처음 말했던 사람이 발끈한다.

"신고? 그게 남자가 그만큼 단수가 높다는 거 아니겠어요. 자신이 떠밀지 않았다는 결정적인 증거로 삼기 좋잖아요. 아, 형님, 안 그래요?"

갑자기 화살을 받은 형님이라는 사람이 마른기침을 하고선 입을 연다.

"우리가 떠들어 봤자 뭔 소용이야. 여자가 깨어나면 진실을 말하겠지. ……나잇살 먹어 보이더니만 어쩌다가 그리 흉악한 일을 저질렀는지, 자살이든 타살이든 꼴만 우스워졌어."

"맞아요. 자살하려고 했다면 여자가 너무한 거예요. 그런 식으로 죽으면 남은 사람은 어쩌란 말이야. 오금을 걸어도 단단히 건다."

"참, 문제다 문제야. 해마다 곱다시 넘어가질 않아. 올해는 사고 없이 지나가나 했는데 말이야."

또 다른 사람의 말이다. 이러저러 무성한 말들이 서서히 꼬리를 사린다. 어차피 모두 추측일 뿐이다. 대화에 끼지 않았던 영진은 발걸음을 돌린다. 원피스 입은 여자의 가선진 얼굴과 결 고운 손이 생각난다. 여자를 물로 끌어들인 환상은 무엇이었을까? 그들은 얼마만큼의 속도로 여기까지 온 것일까? 미친 짓이다. 설레설레 고개를 내젓다가 영진은 휴대폰을 꺼내 든다. 좀 전에 왔던 건 광고 메시지였고 정환이 보낸 건 없다.

　정환이 했던 말이 말갛게 떠오른다. 그는 두렵지 않다고, 자신의 감정과 생각을 확신할 수 있다고 했다. 악의적인 소문에 시달릴지라도 견딜 수 있다고 강조했다. 하지만 영진은 아니었다. 갑자기 몰려오는 감정이 낯설고 버거웠으며 희열과 혐오 줄타기도 괴로웠다. 정환을 안을 때마다 또 하나의 자아는 늘 저만치 달아났다. 다시 원피스 입은 여자가 떠오른다. 영진은 손톱을 깨물며 동굴에서 기다리겠다는 메시지를 떠듬떠듬 찍어 보낸다. 원피스 여자가 남자를 바라보던 시선, 바로 그 눈빛이 액정에 되비친다.

　정환이 해안도로를 따라 허위허위 걸어오고 있다. 는개가 다시 조금씩 내린다. 영진은 몸을 떨며 운동복 지퍼를 목까지 올린다. 정환이 주상절리 앞에 선다. 줄곧 정환을 바라보며 걸어가던 영진도 걸음을 멈춘다. 바닷물이 자갈밭을 빠져나가며 차르르 차르르 소리를 낸다. 영진은 어두운 파도와 겹겹이 포개진 바위를 바라본다. 명치에 자갈이 얹힌 것처럼 무겁고 아프다. 동굴에서 혼자 기다리며 치받쳤던 울화 대신 안도와 연민의 마음이 물결친다. 하지만 다시 마음을 다잡는다. 말없이 떠나버릴 걸, 영진은 먹먹해지는 가슴을 쭉 펴고 짐짓 가볍게 말을 던진다.

"지금 오시는 거예요? 왜 그렇게 연락이 안 돼요?"

"폰을 잃어버렸어. 어디에 뒀는지 모르겠어. 폰 찾다가 다른 차를 박을 뻔했고."

무의식적으로 영진의 손이 앞으로 나간다. 정환의 손을 잡으려다 멈칫 선다. 영진은 입술을 깨물며 손을 거두어들인다.

"갑자기 모든 게 엉켜버리네. 이러면 안 되는데."

"송별회는 싱겁게 끝났어요. 내내 폰만 봤는데 ……솔직히 ……기다렸는지 안 오길 바랐는지 모르겠어요."

"가고 싶었어. 그런데 네 어머니 생각하니 오늘은 아니다 싶더라. 다 큰 자식에게 남친 소개하는 게 쉬운 일 아니잖아. 어렵게 만든 자리를 내가 아니 우리가 재 뿌릴 순 없지. 한 대 맞은 것처럼 퍼뜩 정신이 들더라. ……앞으로 열흘이나 남았잖아. 어머니 모시고 송별식 다시 하자."

그 순간 영진은 무릎을 꺾고 만다. 먼 옛날 동굴 속 장면을 훔쳐볼 때처럼 오금이 저린다. 정환의 두 손이 영진의 겨드랑이로 들어온다. 영진의 등에 정환이 무너진다. 뜨거운 기운이 훅 끼친다. 정환의 단호한 음성에 영진의 귓불이 붉어진다.

"내일, 이렇게 손잡고 …… 갈까?"
"우리 집으로?"
"어디든. ……오로지 네 마음이지."

 자정 가까운 시간, 영진이 앞장서고 정환이 느릿느릿 뒤를 따른다. 얼마 지나지 않아 곰솔이 보인다. 영진의 가슴이 다시 두방망이질 친다. 서늘한 소름 같은 게 온몸을 훑고 지나간다.
 곰솔 아래에서부터 영진은 마음속으로 발걸음 수를 센다. …열여덟, 열아홉, 스물. 영진은 호흡을 가다듬는다. 천천히 몸을 돌린다. 정환의 손을 끌어당긴다. 내면에서 꿈틀거리는 어떤 힘을 느끼며 정환을 세게 끌어안는다. 안은 채로 몇 걸음 옮긴다. 곰솔 굵은 둥치에 영진의 손과 정환의 등이 닿았다. 정환은 아무 말 없다. 영진은 정환의 목덜미에 입술을 댔다. 정환의 시선을 받는 게 고통스럽다. 이게 아니야, 영진의 마음속에서 메마른 음성이 들리는 듯하다. 하지만 영진은 조용히 정환의 입 안으로 자신의 혀를 밀어 넣는다. 사랑하는 사람의 이와 잇몸이 느껴진다. 생애 최초로 먼저 건네는 키스, 영진은 입 안의 부드러움에 부르르 몸을 떤다. 어디에 숨어 있었는지, 눈물이 볼을 타고 흐른다. 얼마나 시간이 흘렀을까? 한참 만에 정환이 조용히 영진의 팔을 풀었다. 그의 눈도 번들번들하다.

곰솔과 맞닿은 다세대주택, 영진은 아무 말 않고 정환을 들여보낸다. 현관문 닫히는 소리가 터엉 울린다. 삶의 한 단계가 관통하는 소리처럼 들린다. 잠시 뒤 정환의 방에 불이 켜진다. 영진은 비칠거리며 곰솔 둥치에 기대선다. 어둠 속에서 주상절리가 희번덕거린다. 어쩌면 자신이 바위를 오해하는지 모른다고 생각한다. 바위도 날마다 조금씩 제 형상을 바꾸어가며 살아가는 게 아닌가 싶다. 그건 물론 밑동을 드나드는 물 때문일 것이다. 날마다 갈아드는 바닷물이 아니라면 바위의 아름다움도 없지 않을까.

몽롱하고 무서운 시간이 소리 없이 지나가고 있다. 엉덩이가 축축해져 온다. 는개 방울이 내려앉아 머리카락이 젖는다. 영진의 가슴속으로 파도와 바람이 와와거리며 지나간다. 곰솔의 향기가 온몸에 밸 즈음 영진은 자리에서 일어난다. 어느새 바투 다가선 생(生)이 영진에게 손을 내미는 것 같다. 영진은 몸을 털털 터는 시늉을 한 다음 길가로 나온다. 무의식적으로 동굴 쪽으로 가다가 문득 걸음을 멈춘다. 그곳은 이미 지나온 길일뿐이다.

영진은 멀리 바라보이는 집을 염두에 두고 천천히 걷는다. 아무래도 몰래 떠나지는 못할 것 같다. 그에게로 향하는 예민한 촉수를 인정해야겠다. 영진의 마음 깊은 곳에 똬리를 틀고 있던 몽실몽실한 말들이 입속에 가득 찬다. 감미로운 고통을 야금야금 씹으며 그와 함께 시간을 보내리라. 순간에 충실하며 시나브로 이별하리라. 그 사이 어느 하루쯤에는 어머니와 함께 시내로 외출하는 것도 괜찮겠다. 꼰질꼰질한 사내가 사는 술을 호기 있게 마시는 거다. 그러다가 어머니의 손을 슬쩍 사내 쪽으로 밀어볼 수도 있겠다. 어머니가 까르르 웃거나 해사하게 미소 지을 수 있다면 그깟 통속도 기꺼워하리라.

저만치 집이 보인다. 영진은 자신을 송별하며 발걸음을 크게 내디딘다. 동굴을 돌아 나온 바람도 영진의 등을 떠미는 것 같다.

환승

언니가 돌아왔다. 일 년 만의 귀국치고는 가방이 단출했다. 언니가 선물을 사 오지 못해 미안하다고 하자 엄마는 얼굴을 붉히며 손사래를 쳤다. 그동안 돈은 물론이거니와 먹거리 한번 부쳐주지 못한 게 마음에 걸려서일 것이다. 나나 남동생 선우도 마찬가지였다. 언감생심, 선물 같은 건 생각지도 않았다. 국비로 다녀온 어학연수였으니 자랑스러울 뿐이다. 언니가 선우를 올려다보며 언제 이렇게 컸냐고 놀라워했고 나는 톤을 조금 높여 말했다. 언니는 하얘졌어, 공부만 했나 봐, 살은 좀 붙은 듯.

 시간은 공간도 낯설게 하는지 언니가 두리번거렸다. 가뜩이나 좁은 집에 상자며 물건 보따리들이 어지럽게 널려 있다. 미처 처분하지 못한 마트 물건들이었다. 엄마가 당황하며 곧 넓은 집으로 갈 거라고 했다. 좀 잘게요. 언니의 말에 엄마가 아쉬운 듯 말꼬리를 내렸다. 생일이라 잡채 만들고 미역국도 끓였는데…… 모처럼 장만한 음식이니 빨리 맛보이고 싶을 것이다. 큰누나 좋아하는 깻잎 조림도 있어. 선우의 말에도 언니는 여전히 시큰둥했다. 외국물 먹으면 사람도 바뀌나 싶었다. 하긴 장시간 비행에 시차 적응도 안 된 사람 붙들고 자꾸 먹으라는 게 더 이상한지도 모르겠다.

행정복지센터 주차장 저만치서 준영이 걸어오고 있다. 덩치에 맞지 않게 재바른 걸음이다. 늘 그렇듯 얼굴에 웃음기가 가득하다. 나는 준영이 가까이 왔을 때 살짝 놀라는 척했다. 내숭이라 하든 밀당이라 하든 상관없다. 나는 내 경험치가 이끄는 대로 바쁜 듯 걸었다.

"은해야, 점심 먹자. 맛있는 걸로."

준영이 손을 뻗어 내 앞을 막으며 말했다. 나는 손사래를 치며 옆으로 비켜섰다.

"야아, 왜 이래?"

"몰랐어? 좋아서 그러지. ……이젠 저울질 끝내. 이만한 남자 어디서 구하겠어."

"말했잖아. 남사친이면 족하다."

"난 네가 여사친일 때 없었다. 너 하자는 대로 있었던 거지."

"계속 있지 왜 이래, 새삼스럽게."

"그 자식이랑 끝냈잖아. 기다린 거지."

"야, 넌 그러고 싶어? 내가 생지랄 떠는 거 다 봤으면서
……"

"허허, 기다렸다니까요. 낭자, 이제 멋진 도령으로 갈아
타시면 되옵니다."

문어체 낡은 비유를 구어체로 말하는, 특유의 말투가 나
왔다. 빤한 내용을 정색하며 말할 뿐인데 준영 입을 통하면
제법 그럴듯하고 꽤 멋지다.

"암튼 오늘 점심은 선약 있어. 간다."

약속은 없었지만 나는 손을 흔들며 잽싸게 돌아섰다. 목
적지가 정해진 버스 환승도 아니고, 사람 헤어지고 만나는
일은 단순치 않다. 내가 원하는 목적지가 어딘지 모르겠고
차량이 근본적인 결함을 가졌거나 사고가 날 수도 있다.
고등학교 때부터 치자면 연애 경험이 상당한데도 여전히
어렵다. 선택에 대한 책임을 져라, 기분 따라서 왔다 갔다
하는 게 아니다, 소문 나쁘게 나면 신상에 좋지 않다……
엄마와 언니는 나를 몰아세우고 어르기도 했지만 내 연애
를 막을 수 없었다. 가난하고 공부도 못하는 내가 주인공
이 되는 유일한 길을 왜 마다하겠는가. 누군가의 욕망의
대상이 되는 짜릿함을 포기할 이유가 있는가. 지고지순한
사랑? 지금이 어느 시대라고, 개나 줘버려야 한다. 언니만

봐도 그렇지 않은가.

"꿈꾸는 나무는 좀 그렇다. 그럼 이건 어때? 엄마랑 아기랑."
"너무 평범해. 듣는 순간 아, 이거다 싶어야 하는데."

벌써 몇 번째인지 모르겠다. 그래도 엄마는 지친 기색 없고 선우도 적극적이다. 나 역시 마찬가지다. 다른 일도 아니고 새롭게 시작하려는 일의 상호를 정하는 문제다.

얼마 후면 시난고난 끌어오던 그린마트가 문을 닫을 것이다. 기대에는 미치지 못하지만, 권리금을 주겠다는 사람이 생겼기 때문이다. 인근에 편의점과 할인매장이 들어선 마당이니 더 나은 조건을 기다릴 수도 없었다. 건물주는 새 입주자와 계약서를 쓰고 아빠는 가게에 쌓인 물건을 현금화시켰다. 파격적인 가격할인을 통해서였다.

마트를 내놓기 전부터 온 가족이 나서서 새 일을 궁리했다. 가게가 넘어갈 무렵에는 하루에도 열두 가지 이상의 업종이 왔다 갔다 했다. 걱정되고 들뜨기는 선우도 마찬가지인지 공부 대신 창업 사이트를 기웃거렸다.

고심 끝에 집을 활용할 수 있는 놀이방으로 결정했다. 집이 일터까지 겸해야 한다는 건 심란한 일이지만 엄마 말처럼 찬밥 더운밥 가릴 때가 아니었다. 날마다 쉬지 않고 일하는데 왜 가난에서 벗어날 수 없는 따위의 철학적인 질문을 할 여력도 없었다. 먹고 살기 위해 선택할 수밖에 없는 일, 그게 우리에게는 놀이방이었다.

  나는 2년제 대학을 마치고 보육교사 자격증을 따긴 했지만 기간제 경험만 몇 번 있을 뿐이다. 억지로라도 아이를 사랑할 준비는 되어 있는데 정규직으로 불러주는 데가 없었다. 육아휴직이나 병가 땜빵은 최저 시급 정도라 이일 저일 가리지 않는 알바 인생을 살고 있다. 어쨌든 보육교사는 확보되었으니 구청에 신고만 하면 사업자 등록이 되었다. 놀이방은 수용 인원이 20명 이하로 한정되는 점을 빼면 어린이집과 다를 바 없다. 아빠는 24시간 김밥 가게로 계속 출근하면서 아침 일을 거들기로 했다. 다른 놀이방과 달리 방문 서비스를 하기로 했기 때문이다. 차별화 전략은 더 있었다. '이동 차량 탁아방'으로 불릴 그 일은 주로 주말에 이루어질 것이다. 아이들을 공원이나 놀이터로 데리고 가 부모 대신 봐주는 일이다. 봉고차를 예쁘게 칠하고 차 안에 유아용 책과 장난감을 갖추면 될 터였다. 산모 뒷바라지를 하는 것도 괜찮지 않을까? 너희들, 내가 끓인 미역국이 최고라 했잖아. 분위기에 고무된 엄마가 말했다. 아빠는 초등학생을 받아 숙제 관리를 해주는 것도 좋겠다고 한술 더 떴다. 갑자기 일들이 쏟아져 들어올 듯한 분위기에 식구들 마음이 붕붕거렸다. 그때 언니가 들어왔다.

"뭐 해?"

나는 건네받은 쇼핑백을 열어보며 말했다.

"튀김? 떡볶이도 있네. 얄개분식 거다. 맞지?"

갑자기 만들어진 야식 시간, 모처럼 집에 있는 아빠까지 모여 앉았다. 맛있다, 얄개분식이 아직도 있더라, 고등학교 다닐 때 완전 단골, 선우도 가니? 가끔…… 먹으면서 한마디씩 보탰다. 역시 언니가 돌아오자 분위기가 화기애애했다. 매사 투덜거리는 나와 달리 언니는 어릴 때부터 지금까지 한결같이 K-장녀다.

먹는 속도가 현저히 떨어졌을 때 언니가 흰 봉투를 내밀었다. 엄마 아빠가 뜨악한 시선을 나누는 동안 성질 급한 내가 봉투를 집었다.

"이, 이천만 원?"

내 목소리가 떨렸다. 그 순간 튀김이 목에 걸렸는지 선우가 캑캑거렸다. 엄마 아빠 눈도 휘둥그레졌다.

"그동안 모은 돈이에요. 미국에서 한글 가르치는 알바를 했거든요. 새 일 하시는 데 보태세요. 그리고 저, 다음 달에 서울로 가요."

"취직? 학교는?"

역시 내가 제일 급했다. 언니는 휴학을 몇 번 하는 바람에 졸업까지 아직 한 학기가 남았다. 그동안 학비를 스스로 해결한 건 물론 생활비까지 보태곤 했다. 늘 용돈이 부족한 나와는 급이 달랐다.

"취직하면 출석 인정해줘. 지금은 인턴이지만 몇 달 있으면 월급도 오를 거야."

"어디? 뭐 하는 회산데?"

가슴에 손을 얹은 채 엄마가 말했다. 꽉 잠긴 목소리였다.

"응, 가나출판사라고, 그쪽 방면에서는 꽤 유명한 곳이야. 책도 만들고…… 번역도 하게 되겠지. 선우야, 일 년 뒤에 너도 와. 대학은 무조건 서울인 거 알지? 공부 열심히 하란 말이야."

"그저 선우, 선우뿐이야. 언니는 지방대 나와도 잘 풀리기만 하네, 뭐."

"……나는 좀 경우가 다르고. ……저, 잘게요. 하루가 어떻게 갔는지 모르겠어요."

언니가 들어가고도 들뜬 기운은 남은 식구들 사이를 헤집었다. 저마다 얼굴이 화사했다. 언니는 물론 새롭게 시작할 일도 모두 잘 풀릴 것만 같았다. 선우는 자기 볼을 꼬집기까지 했다. 어제까지만 해도 '하향, 장학금'으로 연결되었던 대학 진학이 '인서울 가능'으로 되었으니 꿈인가 생시인가 싶은 것이다.

장밋빛 미래에 한껏 빠져 있던 선우가 먼저 몸을 일으켰다. 지금부터 밤을 새워 책상에 붙어 있을 기백이 느껴졌다. 나도 하품을 하며 일어났다. 실실 웃으며 화장실 문을 열 때까지는 좋았는데 그 다음은 놀람이었다. 언니였다. 나는 반사적으로 문을 닫고 돌아섰다. 어? 그런데? 아무리 짧은 순간이라도 잘못 보았을 리 없다. 언니는 옷을 입은 채로 변기에 앉아 있었다. 게다가 울고 있었다. 나를 보고 놀라는 두 눈은 충혈되었고 양 볼은 눈물로 번들거리고 있었다. 뭐지? 왜 그랬지? 나는 언니 옆에 누워서도 이유를 묻지 못했다.

일명, 편집회의를 위해 도서관에 모였다. 관장, 업무담당자, 봉사단 회장 아줌마, 준영과 내가 빙 둘러앉았다. 행정복지센터에 딸린 작은 도서관인데도 관장은 일 욕심이 대단했다. 독서회와 봉사단을 꾸리고 초청 강연 같은 행사도 자주 벌였다. 정규직 여부는 모르겠으나, 담당하는 행정복지센터 도서관이 두 군데나 더 있으니 동에 번쩍 서에 번쩍 하는 워커홀릭이었다. 그래도 그 덕분에 내가 8개월 계약직으로 채용될 수 있었다. 사업비는 물론 인건비까지 확보되는 공모사업을 따왔기 때문이었다. 공익요원으로 일하던 준영이 내게 정보를 주는 한편 복지센터 담당자와 관장에게 나를 과대 포장하는 작업도 했다. 일은 어렵지 않았다.

평소엔 서가 정리, 도서 대출, 봉사단 아줌마들 수다 들어주기 정도였고 행사가 있을 때는 눈치껏 관장을 도우면 되었다. 공모사업 프로그램 중의 하나로 4쪽짜리 타블로이드판 소식지를 발행하는데 이번엔 특집판을 만든다고 했다. 오늘은 특집 주제를 정해야 했다.

"좀 더 자세히 말해 봐."

"이 동네 이야기를 알아보는 거예요. 마을 유래나 옛 모습 같은 거요. 일하는 어른들도 취재하고요. 과거 추억, 현재 공감 느낌으로……"

"좋네. 학교 앞 문방구 아줌마가 말하는 이십 년 전 모습 같은 거?"

"○○중공업 산 증인, 우리 아버지?"

"재개발 때문에 집 잃고 우는 아이는 어때? 그게 나야."

여기저기서 말이 쏟아졌다. 망설이다가 낸 의견이었는데 반응이 좋았다. 나는 뭐라도 된 것처럼 뿌듯했다.

"괜찮을 거 같지? 오케이?"

취재 대상을 정하고 인터뷰와 기사 취합 일정까지 정한 뒤 관장은 회의를 마치자고 했다. 관장이 도서관 휴관일이니 일찍 퇴근하라고 했다. 선심 행정은 나만 받은 게 아니었는지 준영도 따라 나왔다. 담당자가 보내줬다고 했다.

"지랄, 날씨가 왜 이리 좋은 거냐?"

하늘을 올려다보며 준영이 말했다. 대낮 거리를 걸어보는 건 나도 오랜만이었다. 우리는 앞서거니 뒤서거니 노랗게 흔들리는 가로수를 따라 걸었다. 태민과 질리도록 걸었던 길인데 준영과 걷는 거리는 낯설고 새로웠다. 연애는 시작하기보다 끝내기를 잘해야 한다는데 그런 점에서 태민은 실망 3종 세트였다. 데이트 비용이니 과대 선물이니 때늦은 꼬투리를 잡았고 섹스를 잘하는 것도 문제였다. 표현하지 않았을 뿐, 얼마나 굴러먹었는지 알겠다는 말이었다.

"은해야. 뭐해?"

뒤따르던 준영이 나와 발걸음을 맞추며 말한다.

"어? 어. 갑자기 생각나는……"

준영의 장점 중의 하나는 꼬치꼬치 묻지 않는 것이다. 나는 대화가 이어지지 않은 걸 다행으로 여기며 네일아트, 편의점, 은행, 음식점, 꽃집을 거쳐 안이 훤히 보이는 카페를 지났다. 웬 사람이 저리도 많나 하고 지나치려다가 걸음을 멈췄다. 누군가를 봤기 때문이었다. 나는 조심스럽게 뒷걸음질 쳐 창문 안을 들여다보았다.

단발머리에 좁은 어깨, 검은색 바바리…… 언니가 틀림없다.

언니는 세련된 옷차림의 중년 여자를 상대하고 있다. 뭔가를 설명하는 중인지 테이블에 놓인 종이를 바라보며 이

마를 맞대기도 한다. 상대방이 누군지 어떤 상황인지 도무지 알 수 없는 그림이다. 언니가 고개를 돌리는가 싶은 순간에 나는 얼른 걸음을 옮긴다.

"누군데?"

"언니."

"아, 그런데 왜 피해?"

"그냥."

"넌 좋겠다. 나는 외동이라 외로워. 책임만 무겁고……"

잠깐 준영이 얼굴이 그늘진다. 하수구 구멍 속이나 잎사귀의 이면 같아서일까, 짧은 순간이었지만 내 마음에 박힌다. 그 바람에 나의 고정 레퍼토리가 나오지 않는다. 무슨 소리, 가뜩이나 힘든 세상, 가진 것 없는 집에서 삼 분의 일만 먹고 살아야 하는 고통을 네가 아느냐 어쩌고 저쩌니 하는…… 대신 며칠 전에 선우가 했던 얘기가 재구성된다.

야간자율학습을 마치고 나오던 선우는 교문 앞에서 언니를 만났다. 미리 약속한 일은 아니었다. 언니는 커트 머리 여자와 함께였는데 선우가 다가가자 잡았던 손을 풀었다. 헤어지는 인사말을 나누는 말투가 친근하니 오래 알아 온 친구로 보였다. 나란히 길을 걷던 언니가 느닷없이 팔짱을 끼더니 곱살스럽게 얘기했다. 이리저리 돌렸지만 결론은 공부 잘하라는 말이었다. 그리고 선우가 덧붙였던 말, 튀김

먹었던 밤에 큰누나가 우는 걸 봤어. 이유는 못 물어봤어. 다시 그날 밤 이야기로 돌아가서, 네가 우리 집 기둥이라는 말을 들은 선우는 우리 집을 살릴 사람은 자신이 아니라 큰누나라고 말했고 언니는 흥흥거리며 웃기만 했다. 선우는 옅은 술 냄새를 맡았고 언니는 돈을 꺼내 선우 호주머니에 찔러 주었다. 깜짝 놀랄 만큼 액수가 컸다. 그리고 오늘 언니는 우리 관장 또래지만 훨씬 세련된 여자와 함께 카페에 앉아 있다. 퍼즐을 맞출 수가 없다.

드디어 집을 갈아탔다. 그린아파트 101동 102호, 현관에 '그린 놀이방' 간판이 걸리고 창문이 알록달록하게 꾸며졌다. 현관을 마주 보는 앞집은 주민회관 겸 경로당이었다. 1층인데다가 경로당 앞이라서 전세가가 한참 낮았다고 했다. 24평에서 43평으로 넓어졌으나 이제 집은 사적인 공간이 아니라 일터가 되었다. 방 두 개에 짐을 몰아넣고 거실, 주방, 방 두 개는 아기들의 놀이터, 공부방, 수면실로 꾸며졌다. 야간자율학습을 마치고 돌아오는 선우는 안방에서 옷을 갈아입고 책가방을 꾸린 다음 아기들 수면실로 건너갔다. 분홍색 공주님과 하늘색 구름 벽지를 바라보며 들척지근한 내음 속에서 잠들어야 했지만 자기 방이 없다고 불평하지 않았다. 언니는 돈으로, 나는 자격증과 노동으로 가계를 돕고 있으니 말이다. 광고지를 봤다거나 소개를 받았다며 젊은 엄마들의 발걸음이 다문다문 이어졌다. 엄마는 마트 할 때부터 다져온 평판 때문일 거라며 좋아했다. 나도 바빴다. 도서관에서 퇴근하는 게 아니라 또 다른 직장으로 출근하는 기분이었다. 보육학과를 나왔다지만 실전은 꽝이었으니 엄마가 시키는 대로 움직여야 했다. 그러던 어느 날, 나는 폭발하고 말았다. 정말이지 내가 성질이 급해서가 아니었다.

"말을 꼭 그렇게 해야 해? 내가 아는 언니 맞아? 왜 그래, 정말?"

"그냥 싫어. 싫다고. 갓난아기 받는다는 얘기는 안 했잖아. 한 달도 안 된 애를……"

"지금 우리가 찬밥 더운밥 가리게 생겼어? 다섯 명으로는 현상 유지도 안 돼. 그리고 수정이 엄마가 병원에 입원한다는데 어떻게 애를 보내. 오히려 우리에게 기회지."

"아, 몰라. 아기 우는 소리 정말 싫단 말이야."

"조용히들 해. 간신히 재워놓은 애 깨겠어."

엄마가 한껏 목소리를 낮추고 말했다.

"정해야, 너까지 도우라는 거 아냐. 우리끼리 해."

"밤새 시달릴 텐데 엄마 몸은 무쇠야?"

"알아서 한다니까 왜 그래. 나는 너희들 싸우는 게 더 힘들어."

"언니, 참 많이 변했다. 큰돈 내놨다 이거지? 나 같은 건 꿈도 못 꿀 능력이니 말이야."

 선한 말꼬리는 선하게 이어지고 악담 말꼬리는 극단적으로 이어진다. 나는 언니를 째려보며 빈정거렸다. 이성보다 걸음이 빠른 감정이 더 심한 말을 내놓으려는 순간 현관문이 열렸다. 나는 흠칫 놀랐고 언니와 엄마도 마찬가지였다. 선우였다. 혹시 밖에서 우리 싸움을 고스란히 듣고 있었던 게 아닐까 걱정되었다. K-장녀를 닮은 K-장남에게는 보이고 싶지 않은 장면이었다. 아기를 업고 엉거주춤 서 있던 엄마가 호들갑스럽게 선우를 반겼다. 다행히 선우는 아무것도 듣지 않았나 보았다. 어쩌면 듣지 않은 척하는 것인지도 몰랐다. 한참이나 지나 우는 큰누나를 봤다고 했던 위인이니까.

"누구예요?"

 선우가 해맑은 얼굴로 엄마에게 물었다.

"수정이, 오늘부터 밤에도 보기로 했거든. 귀엽지?"

 나는 언니를 흘끔 보며 말했다. 선우는 외국 배우처럼 어깨를 조금 들썩이기만 했다.

"아빠는?"

"새삼스럽게 아빠는, 아직 퇴근 전이……"

 엄마 말이 끝나기도 전에 아기가 빼액 빽, 울음을 터뜨렸다.

"에구에구, 우리 공주님, 또 깼어? 엄마 등이 아니야? 괜찮아, 괜찮아. 자장자장 자장자장……"

엄마는 잔걸음을 떼며 아기를 달랬다.

"아, 진짜, 그렇게 밤샐 거야?"

언니 목소리가 앙칼졌다. 안색마저 새파래져서 홱 나가 버렸다. 무어라 대꾸하려던 나는 엄마에게 팔이 잡혔다. 선우는 얼굴이 하얘진 채 가만히 서 있었다.

'로터리, 로터리 사람들'

특집 제목과 취재 범위가 정해졌다. 우리 행정복지센터 관할구역인 이곳은 도시가 만들어질 때부터 젊은 거리로 통해왔다. 고등학교가 밀집되어 언니와 내가 졸업한 여고가 있고 선우가 다니고 있는 남고가 있다. 준영도 이 구역 출신이고 우리는 고등학교 연합 독서동아리에서 만났다. 책 내용보다 이성을 탐색하는 열기가 뜨거운 단체였지만 나와 준영은 자타공인 사람 친구로 오래도록 살아남았다.

인터뷰는 20년 동안 한 자리를 지켜온 행복문방구와 로터리 모퉁이 얄개분식, 지나가면 괜스레 주눅 드는 경찰서와 학생 환자 많은 정 의원, 휴대폰 가게와 24시간 편의점이 응해줬다. 나는 사전작업을 마친 다음 추억의 거리로 나왔다. 두 사람이 같이 다니되 글은 한 편씩 책임지기로 했는데 나는 얄개분식을, 준영이는 정 의원을 맡아 한 팀이 되었다.

"내가 고등학교 후배라서 편했나? 무슨 자랑을 그렇게 대놓고 하는지."

정 의원을 나와 얄개분식으로 향하면서 준영이 말했다.

"뭐, 의사니까 그럴 만도 하지. 초엘리트 아니냐?"

"날마다 똑같은 장소, 똑같은 일. 답답할 거 같은데……"

"많이 벌잖아. 그거면 만사 오케이지."

"그래, 내가 지잡대라서 미안하다. 설마 너, 내가 의대생이 아니어서 여태 간만 보고 있는 거야? 맞아, 까놓고 얘기하면 부럽다. 저런 사람들이야 얼마나 좋아. 일이 안 풀리는 사람들이나 자꾸 갈아타는 거지. ……하긴, 우리 집 같은 미련퉁이도 있긴 해."

"뭐 하시는데?"

"엥? 몰랐어? 얄개분식이 우리 집이라는 걸. 알고 가는 거 아니었어?"

"헉, 네가 그 집 아들? 정말 빅뉴스다. 왜 여태껏 몰랐지? 우리 집 완전 단골이야. 얼마 전에도 울 언니가 한가득 사 와서 파티했어. 그건 그렇고, 넌 그동안 어째 튀김 한번 안 돌렸어? 매정한 놈."

"그건 오해, 가져갈 때마다 네가 없었지."

"그래? 오케이. 앞으론 미리 톡 보내라. 안 빠질게. 암튼 너는 좋겠다. 취업 걱정 땡이네. 나중에 물려받으면 되잖아."

"아이구, 낭자, 말씀만으로도 감개무량합니다. 머리로는 정 의원, 가슴으로는 얄개분식인 줄 알지만, 이 도령은 그저 황송할 뿐이로소이다."

준영이 집이라니 얄개분식이 더욱 친근하게 다가왔다. 나는 진열해둔 음식들과 양쪽 벽을 빼곡히 채운 낙서를 찍었다. 그러다가 흡, 하고 놀랐다. 가장 구석진 자리 하단에 자리 잡은 낙서 때문이었다. 나는 소름 돋은 팔을 쓸며 한참 동안 바라보다가 돌아섰다.

손님들이 즐겨 찾는 먹거리, 단골손님들에 얽힌 에피소드, 예전과 지금의 차이 등에 대한 답변을 준영이 외할머니와 어머니께 들었다. 먹는 틈틈이 수십 년 역사가 내려앉은 가게 안을 훑어보기도 했다. 먹는 거로 장난치지 않았고 배고픈 손님들에게 야박하게 굴지 않았으니 후회는 없어. 자식에 손자까지 여러 식구 거둬 먹인 곳이니 그저 고맙지. 얄개분식 원조인 외할머니 이야기를 끝으로 취재를 끝냈다.

"저기 앉아 볼래?"

나는 구석진 테이블을 가리켰다. 내가 앉고 준영이 건너편에 앉자 나는 낙서를 가리켰다.

정해♡수호 1일
수호♡정해 100일 고마워 *사랑해*

정해♡수호 1년 사랑해 고마워

수호♡정해 2년 멋진 우리 내일은 더 멋질 거야

정해♡수호 3년 영원히 사랑해 나도ㅎ

수호♡정해 1500일 사랑해 넌 나의 별!!

"우리 언니 글씨야."

내가 반듯하게 적힌 글을 짚으며 말했다.

"오호, 하아, 멋지다. 1500일 사랑. 이 글씨가 언니 것? 음, 항상 연인 이름을 앞세웠군. 이 복잡한 벽에 용케 이어 적히기도 했고. 순정파 커플 응원인가? 그 아래도 비어있 네. 이제 곧……"

나는 준영의 말을 잘랐다.

"아니, 그럴 일 없어. 정수호 죽었거든."

"아아, 그랬구나. 얼마 전 혼자 왔을 때 뭔 일 있구나 싶었 다만……"

깊은 동굴에서 나오는 듯한 탄식의 목소리, 준영 어머니 였다. 가까이 오는 줄 몰랐는데 우리 대화를 들었나 보았 다. 할머니도 울 것 같은 표정이었다.

"둘 다 예의 바르고 싹싹했어. 보기만 해도 흐뭇한 애들이 었지. 대학 가서 계속 만나는 것도 예뻤고. 아래쪽 빈칸이 내년에도 비어있으면 좋겠다 해서 내가 수를 좀 썼어."

"엥? 뭔 얘기?"

준영의 말에 준영 어머니가 배시시 웃으며 말을 이었다.

"테이프로 내가 막아뒀잖아. 걔들 오면 떼 주고. 우리끼리의 비밀이었어. 새우튀김 두 개 더 얹어주는 것도. 걔들 다녀가고 나면 종일 기분 좋았어. 근데 왜……"

준영 어머니의 표정이 바뀌며 나를 바라보았다.

"강원도에서, ……총기사고였대요. 지금은 모르겠는데, 수호 오빠 집에서는 군대가 숨기는 게 있다며 한동안 싸웠어요. 벌써 3년이나 지났네요. 울 언니요? 표시 안 내려는 게 눈에 보였는데 그게 딱했어요. 여기도 보세요. 1500일에 처음으로 먼저 사랑한다고 썼잖아요. 얼마 전에도 여길 왔다는 건 아직도 수호 오빠 잊지 못했다는 의미인지…… "

"넌 나의 별, 수호가 정해에게 한 말인데 정작 별은 수호가 되었구나. 아깝다, 아까워."

준영 어머니가 말끝에 한숨을 달았다.

"그러게요. 그 오빠, 언니를 평생 수호하겠다고 큰소리치더니……"

장난기 담긴 내 말에 자잘한 웃음이 퍼졌다. 나는 낙서 몇 줄에 흔들렸던 마음을 주워 담으며 자리에서 일어났다. 준영이 따라 일어나 할머니를 안았다.

"할머니, 엄마, 우리 늦어요. 가야 해요. 내가 보고 싶더라도 울면 안 돼요. 아시겠죠?"

준영이가 떠들썩하게 너스레를 떨었다.

"에구, 싱거운 놈. 차 조심하고 다녀."

"우리 할머니 또 걱정이다. 손자, 다 컸거든요."

주고받는 대화가 정겨웠다.

"다음엔 언니와 같이 와. 그날은 바빠서 제대로 얘기도 못 했어."

나는 준영 어머니의 말에 그러겠다고 하고 밖으로 나왔다. 한참 지나서도 뒤따라오지 않아 안을 기웃거리니 준영은 무슨 얘긴가를 한참 동안 하더니 어른들을 차례대로 안아주고 뽀뽀까지 했다. 스마일 보이라는 별명답게 얼굴엔 미소가 환했다. 어른들은 징그럽다면서도 좋아했다.

"너, 어른들에게 참 잘한다."

나의 말에 맥도날드 통유리 밖을 바라보던 준영이가 고개를 돌렸다.

"너, 왜 그래? 무슨 일이라도?"

나는 금방이라도 눈물이 떨어질 듯한 준영의 얼굴을 보며 말했다.

"쪽 팔린다야, 재롱떠는 내가 우스웠지? 그러고 싶지 않지만 어쩔 수 없어."

"흐흐, 솔직히 말하면 그렇긴 했어. 하지만 나를 반성했는 걸. 나는 엄마 안아본 지가 언제인지 모르겠어. 나이 들수록 어색하더라고."

"사고로 아빠 돌아가시고 연이어 외삼촌이 암으로 돌아가셨어. 그 뒤부터였지. 나라도 웃기지 않으면 집이 가라앉을 거 같았거든."

"너, 참 착하다."

나는 고개를 끄덕이며 진심으로 말했다.

"나도 힘들어. 하지만 가족 앞에서는 그럴 수가 없어. 모두 나만 바라고 사는 거 같아서 말이야."

"그래도 가게가 잘 되잖아. 우리 집은 마트 했는데 쫄딱 망했다."

"그렇지 않아. 해마다 가게 세 올라가지, 재료비는 또 얼마나 뛰는지…… 뼈 빠지게 일해도 살기 어려워. 바동거려 봤자 언제나 저 위쪽에 쉽고 편하게 돈 버는 사람들이 버티고 있어. 우리 가게 건물주 같은 사람 말이야."

"우리 아빠가 자주 하는 말이기도 한데, 다른 세상 사람인 거지. 뭔가 억울하고 분해. 아무리 밀어도 꿈쩍 않은 바위 앞에 선 기분이야. 왜 이럴까?"

"부모 삶을 그대로 받게 되는 이 구조가 더러운 거지. 나 혼자 웃고 짓까불어 봤자 아무것도 변하지 않아."

"할머니와 어머니가 위안을 받잖아. ……그런데 준영아, 이젠 네가 하고 싶은 만큼만 해. 네가 괴로우면 할머니나 어머니도 마음 편치 않을 거잖아."

"갈아타라고? 쉽지 않아. 그래선 안 될 것도 같고. 대신 네가 와 주라. 응?"

"음, 마마보이는 사절인데, 그래도 하는 거 봐서……"

답이 없는 문제는 묻어두는 게 지혜일까? 요즘 따라 유난히 예민하게 구는 언니가 생각났다. 우유병 삶는 거나 장난감 정리는 선우도 돕는 일인데 언니는 하지 않았다. 그뿐만 아니다. 엄마와 내가 손이 모자라 잠시 아기를 맡기기라도 할 참이면 버럭 소리를 지르거나 밖으로 나가버린다. 며칠 뒤면 취직이 되어 서울로 올라간다니 그동안 관계가 더 나빠지지 않기를 바랄 뿐이다. 그동안 언니도 준영이처럼 괴로웠을까? 엄마의 넋두리처럼, 없는 집 장녀로 고생만 하다가 이제는 감정을 드러내기로 했던 걸까? 언니의 갈아타기는 그렇게 나타나는 걸까? 준영의 이야기를 듣고 보니 생각들이 가지를 쳤다.

"그건 그렇고 기사는 제대로 나오겠나? 우리 집 취재하자 할 때부터 불안하던데."

"걱정 마. 멋지게 뽑을 테니. 할머니 말씀이 하나하나 '생활의 달인'이더라. 제목도 바로 떠올랐어. 맛, 시간, 이야기가 쌓이는 쉼터, 알개분식으로 오세요. 어때?"

"오호, 좋다. 내가 인재를 보는 눈이 있다니까."

"흐흐, 그러냐? 취재하고 글 쓰고…… 나도 재밌네."

"그러게, 내가 잽싸게 추천한 거 알지? 말 잘하고 얼굴 예쁘고, 넌 보육교사보다 방송 같은 곳이 어울릴 거야. 1인 유튜브로 갈아타도 좋겠고."

"내가 무슨 능력이 있다고, 꿈꾸는 것도 슬프다."

"그렇게 말하면 안 되지. 네 삶이잖아. 아마도 네 미래는 네가 상상하는 그 이상일걸."

"그러려면 정 의원 같은 남자 만나는 게 최선인데……"

"그래, 그래라. 연애는 일단 나랑 하고 나중에 갈아타라."

모처럼의 티키타카가 즐거웠다. 이러다가 계약직 끝나고도 준영이 보고 싶어지면 어쩌지? 아, 몰라. 어찌 되겠지. 무심코 밖을 보았는데 어느새 새까만 어둠이었다. 오랜만에 시간 가는 줄 모르게 수다를 떨었나 보다. 이러면 연애 시작? 휴, 그건 나중에 생각하고 일단 내 퇴근만 기다리는 엄마에게 달려가야지. 준영이 바래다주겠다며 함께 일어났다.

아파트 입구에서 준영과 헤어진 나를 맞이한 건 전혀 엉뚱한 상황이었다. 비밀번호를 눌러 현관문을 열자마자 울음소리가 들렸다. 나는 숨을 죽인 채 소리를 따라 들어갔

환승

다. 안방이었다. 가만, 엄마가 우는 건가? 나는 일단 가슴에 손을 얹고서 귀를 기울였다.

"……답답하게 그러지 말고 말 좀 해 봐. 이 사진이 뭐야?"

"보는 대로야."

"지웠어? 낳았어? 잠깐, 잠깐만. 너 설마 그 돈……"

"엄마가 짐작하는 대로야. ……미안해."

머릿속에서 나무망치 같은 게 움직이는 것 같았다. 종망치가 범종을 치듯 육중한 그 무엇이 나를 때렸다. 나는 방문을 와락 열었다. 언니는 침대 아래 앉아 있고, 엄마는 화장대를 짚고 섰다가 언니에게 막 무너지는 찰나였다.

"언니, 미쳤어? 왜 그런 짓을?"

"미쳤냐고? 흐흐, 그래, 미치지 않을 수 없더라. 학점이 아무리 좋으면 뭐 해? 오라는 데 하나 없어. 그렇다고 우리 집 형편에 공무원 시험 준비하겠나 임용고시 얘기를 꺼내겠나."

"아무리 그래도……"

"뭐, 어때? 도둑질한 것도 아니잖아. 그냥 자궁만 빌려줬을 뿐이라고. 어차피 이왕 버렸던……"

"정해야! 너……"

"엄마, 아무 말 말아줘. 난 나름대로 애썼다고. ……엄마도 알잖아. 나, 수호 애 지웠던 나쁜 년이야. 수호 몫까지 살고 싶은데 방법이 없어. 물론 독하게 공부했지. 학점 잘 나왔고 장학금도 받았어. 하지만 그래 봤자야."

"직장이 서울에만 있는 게 아니잖아."

"선우는? 선우도 여기서 공부하게 할래? 지방대 나와 봤자 너나 내 꼴밖에 더 되겠어?"

온몸이 떨렸다. 인터넷에 떠돌던 얘기들이 진눈깨비처럼 흩날렸다. 알아듣지 못하면 좋으련만 나는 유학의 실체가 무엇인지, 뭉칫돈이 어디서 생긴 건지 단번에 알아버렸다. 놀이방과 갓난아기를 봐야 했던 언니의 심정까지도…… 서서히 눈앞이 흐려졌다.

"그래서 친구도 끌어들인 거야?"

"말 함부로 하지 마. 서로 절실하게 원하는 일을 연결해 줬을 뿐이야."

"사람이 왜 이렇게 변했어? 언니 맞아?"

"그만해, 그만하자. ……엄마, 난 괜찮아. 진짜 괜찮다고…… 아빠나 선우에게는 비밀로 하고 이대로 서울 가게 해 줘. 일 년 버틸 돈 있으니 공무원 시험 준비할 거야. 학원과 고시원만 오갈 거라고. ……엄마, 내 고집 알잖아. 독하게 마음먹은 거야. 내 방식대로 살게……"

엄마의 울음에 내 울음이 포개졌다. 꼿꼿이 앉은 언니는 눈을 부릅떴다. 내가 서 있는 방바닥으로 눈물이 떨어졌다. 그때 작은방에서 아기 울음소리가 들렸다. 수정이 깬 모양이었다. 이 마당에도 해야 할 일은 있다. 일이란 게 그만큼 냉혹하다. 일어서는 엄마를 눈빛으로 제지하고 나는 방을 나섰다. 그런데 선우, 선우가 방 밖에 서 있었다. 내 맘 탓인지 애 얼굴이 잔뜩 일그러져 보였다.

"야, 놀랐잖아. 너, 언제 왔어?"

"방금. 무슨 일 있어?"

선우가 눈길을 피하며 물었다. 짐짓 무심하게 말했으나 나는 직관적으로 선우의 가면을 알아챘고 한배를 타기로 했다.

"아, 언니가 얄밉잖아. 혼자만 빠지고 말이야. 이 누님이 한 판 떴다."

"……작은누나가 좀 참지."

"그러게, 내 성질머리가 진짜 머리보다 걸음이 빨라서. ……선우야, 미안한데 심부름 하나 해. 수정이 먹일 베지밀이 떨어졌어. 편의점 다녀와 줘."

선우를 내보내고 나는 빽빽 우는 수정을 어르며 거실로 나왔다. 그동안 언니에게 이 울음소리가 얼마나 힘들었을까. 아기 울음에 내 울음이 섞여서 다행이었다. 나는 안방을 한번 보고는 현관 중문을 열고 나갔다. 현관 잠금장치

버튼을 누르려던 순간 좁은 현관 바닥에 정신없이 널린 신발들이 눈에 들어왔다. 나는 무릎 굽혀 그것들을 짝지어 가지런히 놓았다. 나란히 선 구두와 운동화, 슬리퍼가 하나같이 작았다. 이 작은 신발을 신고 세상을 타박타박 걷는 핏줄들이 지금 저 안에 있다! 몇 걸음 너머에 있는 가족이 밉고 또 그만큼 보고 싶었다. 할머니와 어머니를 포옹하던 준영이 얼굴이 떠오르기도 했다. 다시 눈물이 흘렀다.

얼마나 지났을까, 밖에서 현관문이 열렸다. 선우였다. 잠시 서로 바라보았을 뿐인데 선우와 나는 서로를 완벽히 이해했다. 선우가 땀이 나는지 손을 바지에 문지르더니 상체를 쭉 폈다. 그리고 문을 열며 큰 소리로 말했다.

"엄마, 다녀왔습니다. ……큰누나, 작은누나, 나 왔어."

나는 수정을 안은 채 선우를 뒤따랐다. 다행히 아기는 울음을 그치고 나를 향해 방긋 웃었다.

못 죽

오늘도 종일 폭우와 불볕이 바통을 이어받았다. 장대비가 내리꽂히는가 싶다가 뜨거운 볕이 공기를 삽시간에 데우고, 빨래가 바짝 마르고 있는데 갑자기 바가지 물이 쏟아졌다.

수완은 바람 부는 초저녁을 잡아채 옥상에 캠핑 의자와 테이블을 펼쳤다. 어릴 때 좋아했던 옥상은 집 떠난 뒤에도 가장 그리웠던 곳이다. 수완은 옥상을 휘휘 둘러본 다음 고모에게 맥주 캔을 건네며 말했다.

"여긴 옛날보다 더 깨끗해진 듯. 저기 나무상자 밭은 고모가 가꾸는 거야? 옥수수?"

미영이 캔을 따며 고개를 끄덕였다. 수완은 의자 밖으로 삐져나오는 고모의 엉덩이와 처진 팔뚝 살을 보았다. 고모는 이십여 년 전 갑자기 몸이 붇더니 지금까지 그대로였다. 예전 모습을 찾을 수 없었지만 수완은 장난기를 담아 말했다.

"이러고 있으니 내가 고모 같아. 새침데기 수완 어린이는 어디 갔지?"

"그러게. 세월 빠르다. 너는 청춘이고 나는 늙고."

"내가 청춘? 벌써 서른 중반인데 무슨."

무심코 내뱉다 수완은 입을 닫았다. 고모가 늙지 않았다는 말부터 했으면 좋았을 텐데 싶었다. 실수를 만회라도 하듯 수완은 화제를 바꾸었다.

"여기서 고모가 옛날이야기 많이 해줬잖아. 아, 그때 좋았는데."

이야기꾼 고모의 직업은 유치원 교사였다. 고졸 임시직으로 출발해 어찌어찌 정교사가 된 고모는 최근 공립병설 유치원에서 명퇴했다. 정년 이전에 한 퇴직이라 몇 년 치 명예퇴직금도 받았다고 했다. 유치원이 삶의 전부라던 고모의 선택이 믿기지 않았으나 방문 명목은 돼주었다.

법적으로 싱글인 고모, 아마도 생리학적으로도 처녀일 고모가 생글거리며 말했다.

"기억나?"

"기억날 뿐 아니라 지대한 영향도 받았지. 암시였을까 예언이었을까 싶다니까."

고모가 맥주를 들이켜다 말고 눈을 동그랗게 떴다. 고모 얼굴에서 유일하게 예뻤던 눈은 예전 그대로이다.

"팥죽 할머니와 호랑이 얘기 있잖아. 할머니가 눈물 뚝뚝 흘리고 있을 때 송곳, 개똥, 밤톨, 맷돌 들이 도와주잖아. 보잘것없는 것들이 모여 결국 호랑이를 물리치고. 약자들이 힘 합치면 강자의 폭력도 이길 수 있다는 걸 그때부터 믿었나 봐. ……뭐, 지금은 그렇다고 볼 수도 없지만."

"활동가께서 왜 이리 약한 말을……"

"그러게, 나도 지치나 봐. 암튼 나 이렇게 사는 거 고모 지분이 크다는 거 알아주셔."

"기억이 다른가? 넌 '부지런한 하녀'를 젤 좋아했어."

"그래? 난 모르겠는데. 어떤 얘기였지?"

"옛이야기가 다 거기서 거기지, 뭐. ……수완아, 사무실은 며칠씩 자리 비워도 되는 거니? 후원 필요해?"

"아니, 괜찮아. 매번 도와줬잖아. ……고모랑 있으니 참 좋다. 나도 다 때려치우고 고모랑 여기서 살까 보다. 해 질 녘마다 여기서 맥주 마시고. 외로운 사람끼리……"

"얘가 왜 이러시나. 너 무슨 일 있지? 애인이랑 헤어졌어? 며칠 동안 쓸고 닦고 요리까지 해대니 불안, 불안하다."

"쳇, 우렁각시 다녀간 마냥 좋다더니. 근데 고모는 왜 유치원 그만뒀어?"

수완이 있는 동안 고모는 외출을 거의 하지 않았다. 두어 블록 떨어진 공공도서관을 잠시 다녀올 뿐 생필품과 음식

재료는 온라인으로 해결했다. 퇴직자가 과로사하는 시대라는데 고모는 불러주는 사람도 없나 보았다. 사교성이 없다는 건 예전부터 알았지만 비대한 몸에 늙기까지 한다는 건 슬픈 일이다. 지금이 말할 타이밍일까? 며칠 동안 시시때때로 떠올린 생각이었다. 수완은 고모를 곁눈질하며 성공 가능성을 저울질해 보았다. 수완이 중학교 2학년 때 엄마가 교통사고로 세상을 떠났다. 운전자가 엄마의 내연남이라고 단정한 아빠는 분노하기 바빠 누구의 과실인지, 법적 처리가 어떻게 되는지 관심을 쓰지 않았다.

 수완이 대학생이 되던 해 아빠는 고모가 보는 앞에서 통장을 내놓았다. 새 가정에 아이까지 둔 남자가 지을 법한 떨떠름한 표정으로 아빠가 말했다. 잘 살아라. 무슨 의미인지 모르겠으나 수완은 이거 먹고 떨어지라는 뜻으로 해석했고 실제로도 그렇게 했다. 엄마의 생명 보험금 2억으로 전세방을 구하고 정기 예금을 들었다. 그 돈 헐어 쓰고 싶지 않았던 수완은 피나게 공부해 장학금을 받고 겹치기 알바까지 했다. 이런저런 NGO 단체 활동도 꾸준히 참여했는데 졸업 후 여기저기 불려 다니는 활동가로 지내면서 통장이 점점 가벼워졌다. 전세 자금은 1억 그대로인데 고를 수 있는 방은 전철역에서 점점 멀어지고 한없이 좁아졌다. 그마저 급기야 전세 사기. 꿈을 포기할 것인가 삶을 포기할 것인가가 남의 말이 아니었다. 이대로 가다가는 활동가 아닌 주민으로 쪽방촌에 살아야 할 판이다. 다행히 엄마는 생명보험과 함께 지혜도 남겨주었다. 네 고모는 평생 혼자 살 거야, 고모한테 잘해라, 무조건 잘해라…… 고모 뒷담을 대놓고 하던 엄마의 말이라 이상했지만 그래서 오래도록 기억에 남았다. 고모가 해준 옛이야기처럼 엄마의 그 말은 수완에게 내내 잊히지 않았고 수완을 움직이게 했다. 옛이야기와 달리 엄마의 말은 재해석이 아니라 정확한 해석을 요구하는 것이었다. 그리고 수완에게는 못 죽이 있었다. 나그네가 아닌 자신의 못 죽을 끓여 고모의 마음을 움직여야 했다.

흠, 흠. 수완은 목청을 가다듬고 늑장 부리던 말을 드디어 내뱉었는데 안타깝게도 원래 하려던 말은 아니었다.

"엄마 말이야, 그 시대에 어떻게 보험을 다 들어놓으셨대?"

"몰랐어? 네 아빠가 잠시 영업했잖아. 초짜들 순서가 그래. 본인, 가족, 친척."

"고모도?"

"당연하지. 종신에 생명에 연금저축에……"

"아직도 가지고 있어? 내 건 다 해약했다며."

"나는 유지했지. 덕분에 지금 혜택 보는 것도 있고. 네 종신, 교육 보험은 생각할수록 아깝다. 내가 알았으면 살렸을 텐데……."

그때 빗방울이 하나둘 듣기 시작하더니 이내 굵고 빠르게 바닥을 적셨다. 수완과 고모는 서둘러 캠핑 테이블과 의자를 철문 안으로 옮겼다. 거기 계단참은 비는 피하되 열어둔 철문 너머로 비 구경이 가능한 곳이었다. 혼자 노는 자리라는 말에 고개를 주억거리며 수완은 고모가 정해주는 방향을 보며 의자에 앉았다. 아, 수완은 무심결에 짧은 감탄사를 내뱉었다. 비 내리는 풍경이 철문 프레임 안으로 예쁘게 들앉아 있었다. 청동색 액자로 장식한, 움직이는 그림이었다. 수완은 바닥으로 곧게 떨어지는 빗방울을 하염없이 바라보았다.

"와아, 크라운이다. 고모, 저기 봐. 빗방울이 떨어지면서 왕관 모양을 만들어. 멋지다."

"기억하는 거야? 대여섯 살 때 했던 말을 지금도?"

"헉, 꼬마 때? 그럼, 난 뭐야. 그때 이후로 하나도 안 큰 거야?"

"무슨? 잘 자란 어른이라 소싯적 감성까지 간직하고 있는 거지."

비 때문일까, 고모 말 때문일까, 갑자기 우울해진 수완이 코맹맹이 소리를 냈다.

"고모, 나 열심히 살았어, 진짜. 명품 가방 든 적 없고 변변한 화장품 하나 없이 지내도 늘 뿌듯했어. 남 위해 사는 게 좋더라고."

"그럼 잘 알지. 아무나 할 수 있는 일 아냐. 늘 자랑스럽게 생각한다. 내 조카지만 존경해."

"그런데 고모, 이제는 ……못하겠어. 아무리 노력해도 사람 안 변하더라. 노상 취한 채 공짜만 바라는 쪽방촌 인간들, 꼴도 보기 싫어. 제일 기막혔던 게 뭔지 알아? 내가 전세 들어 있는 빌라가 통째로 사기당했는데 바지 임대자가 내 구역 사람인 거야. 주민등록증을 뺏겼거나 팔아넘겼겠지."

수완의 말에도 고모는 미동 없이 내리꽂히는 비만 바라보았다. 수완은 빗소리에 말이 묻혔는가 싶었고 그랬으면 좋겠다고 생각했다.

"나 거지 됐어. 이제 쪽방촌에 살게 될 거야. 정말, 정말이지 열심히 싸웠는데 이런 끝은 너무하지 않나. 내가 뭘 잘못……"

그 순간 훅, 감정이 받쳤다. 온몸의 습기가 모두 출동한 듯 눈물이 줄줄 흘렀다. 수완은 이 순간을 위해 십수 년을 참았다는 듯 소리를 높여가며 울었다. 한참 뒤 미영이 몸을 틀어 수완의 손을 잡았고 수완은 고모 품에 안겼다. 물컹하고 뜨뜻한 살이 느껴졌다.

　미영이 오빠의 전화를 받은 건 일 년 전쯤이었다. 코로나 시국은 물론 그 후에도 제사비 잘 받았다거나 명절 선물 고맙다는 문자메시지 정도로만 소통하던 사이였기에 만나자 하니 가슴부터 벌렁거렸다. 오빠와는 새언니가 죽고 난 뒤 급격히 소원해졌다. 핏줄을 생각하면 이상한 일이었지만 그렇게 되었다. 새언니는 십 대 시절부터 미영의 친구이기도 했는데 갑자기 세상을 떠났다. 운전자와 어떤 관계였는지는 모르겠으나 미영은 오빠의 분노를 감당하고 수완의 끼니를 챙기느라고 친구의 죽음을 애도할 틈이 없었다. 그래서인지 죽은 친구와 더 살가워지고 살아 있는 오빠와는 멀어졌다. 오빠가 재혼하고 새 조카가 생겼지만, 미영은 오빠 가족과 가까워지지 않았다. 어쩔 수 없이 만날 때도 있었지만 새언니라는 말이 나오지 않았고 남자아이는 유치원에서 만나는 원생 이상의 끌림을 느낄 수 없었다. 미영에게 조카라는 작대기는 항상 수완으로만 연결되었.

　오빠를 기다리는 동안 미영은 주방과 화장실을 청소했다. 지은 지 30년도 더 된 다세대주택이었지만 청소 직후는 좀 나았다. 집이나 사람이나 자주 닦고 가꿔야 한다는 새언니의 말이 떠올랐다. 20년 전에 죽었지만, 그의 흔적이나 말은 집 곳곳에서 튀어나왔다.

  오빠가 약속보다 늦어지자 미영은 식탁에 앉아 북유럽 민담집을 폈다. 얼마 전 새로운 번역본이 나와서 설레는 마음으로 샀다. 그림 형제 책을 비롯한 동화나 민담 책은 이미 열 종 이상 접했지만, 다시 읽기의 즐거움이 컸다. 이야기는 매번 조금씩 다르게 번역되었고 각자 해석되었다. 미영이 볼 때 무한 광대하다는 사람의 마음은 물론 과학기술이나 우주개발이니 하는 것들도 옛이야기에 다 있었다. 옛이야기 창으로 보면 해석되지 않을 게 없었다. 미영은 유치원에서 이야기 할매로 통했는데 마녀 할매라고 부르며 처진 팔뚝 살이나 부푼 뱃살을 찌르고 달아나는 아이도 있었다. 어쨌든 원생들은 늘 미영을 둘러쌌고 어린 학부모들도 마음을 열었다. 인성교육에 좋잖아요. 옛이야기를 오해하는 지껄임이지만 그 덕분에 미영은 학부모의 신뢰를 얻고 젊고 예쁜 교사들과 공존할 수 있었다.

  "야, 여긴 하나도 안 변했네. 뭐해? 고모에게 인사드려."

  오빠가 선 채로 집을 둘러보며 말했다. 미영도 같은 생각을 하던 중이었다. 미영이 늙고 비대해지는 동안 오빠는 마법에 걸려있었던 것처럼 예전 그대로였다. 오빠의 재촉에 뽀얗고 훤칠한 남학생이 고개를 숙였다. 민정휘입니다. 희 아니고 빛날 휘. 백 년 마법에서 이제 막 깨어난 왕자처럼 말이 또록또록했고 몸짓도 품위 있었다.

"금방 컸지? 곧 고등학교 간다. 담임은 과학고 추천하는데 얘는 일반고로 간다네. 의대 가려면 내신을 잘 받아야 하니까. 얘는 누구 닮았는지 여태 전교 1등 놓친 적 없다. ……근데 야, 너는, 그동안 인생 편했구나. 나가면 네가 누난 줄 알겠다."

식탁에 앉으며 오빠가 돌려 말했다. 미영은 피식 웃었고 정휘의 입꼬리가 살짝 올라갔다. 미영은 정휘가 그 이름대로 빛나는 아이임을 한눈에 알아봤다. 정휘는 몸도 재발랐다. 미영이 복숭아를 꺼내 씻자 칼을 찾아 건넸고 찻잔에서 티백을 꺼내자 빈 접시를 내밀었다. 어른들 이야기를 다소곳이 들었고 묻는 말엔 모자라지도 넘치지도 않게 대답했다. 미영은 자주 정휘를 보았고 그때마다 오빠는 미영을 쳐다보았다.

"우리 아들, 친구 만난다고 하지 않았어? 다섯 시 다 됐다. 아, 얘 친구가 이 동네에 산다네. 걔는 과학고 지망. 암튼 잠깐 만나기로 했대. 아들, 나중에 전화해. 미영 아니 고모랑 나갈게. 미영아, 저녁 약속 없지? 오랜만에 만났는데 고기 먹자."

오빠가 양쪽을 번갈아 보며 떠들썩하게 말했다. 미영과 정휘는 자신에게 해당하는 말을 알아들으며 고개를 주억거렸다. 어느 순간 미영은 정휘와 눈이 마주쳤다. 이번엔 정휘가 살풋 웃고 미영의 입꼬리가 올라갔다.

정휘가 나가자 오빠가 화장실과 거실을 부산스럽게 오갔다. 얼굴이 굳고 구시렁구시렁 혼잣말도 했다. 시간을 관통하는 기시감에 미영은 가슴이 벌렁거렸다. 세월은 가도 사람은 그대로였다. 못 죽을 끓일 참이구나.

스웨덴 민담 '나그네의 못 죽'은 쉴 곳을 찾던 나그네가 혼자 사는 할머니에게 하룻밤 재워달라고 부탁하는 장면에서 시작한다. 인색한 할머니는 자기 집이 여관이 아니고 쌀 한 톨도 없다며 거절하지만 나그네는 계속 매달린다. 할 수 없이 할머니는 그를 안으로 들이는데 마루에 자게 하고 먹을 것도 주지 않는다. 나그네는 냄비를 빌려달라고 해서 긴 대못을 꺼내 냄비에 넣는다. 궁금해하는 할머니에게 못으로 죽을 끓일 수 있다며 관심을 끈 다음 죽이 약간 묽을 거 같으니 밀가루를 한 줌 달라고 한다. 밀가루를 넣고 젓던 나그네는 이제 소고기와 감자, 보리와 우유를 청한다. 할머니의 마음을 움직인 나그네는 못을 꺼낸 뒤 최고급 죽이 만들어졌다며 식탁보와 술과 샌드위치가 있으면 좋겠다고 한다. 할머니는 술은 물론 송아지 고기와 버터까지 차려 우아하고 맛있게 식사한다. 그날 밤 나그네에게 침대를 내주는 건 물론 다음날 노잣돈으로 금화까지 내놓는다……

"아직도 이런 걸 보냐? 유치원 선생이라 그런가? 근데 민미영, 요즘 이 동네 시세가 좋다며? 재개발된다던데."

거실 책꽂이에서 그림책이나 동화책을 한 권 빼든 모양이다. 미영이 앉은 식탁까지 다섯 걸음밖에 되지 않은데도 음성이 컸다. 낚싯줄을 던지듯 무심하게 내뱉는 것 같으나 치밀하게 계산된 말이다. 미영은 못 들은 척 개수대 물을 틀었다. 조금 전까지 다정한 도구였던 컵과 접시를 씻는데 신경은 온통 뒤쪽에 쏠렸다. 그릇 부딪치는 소리, 물 흐르는 소리에도 발걸음 소리는 섞이지 않고 뚜렷이 들렸다. 3, 2, 1. 땡. 아니나 다를까, 오빠가 미영의 어깨를 그악스럽게 잡았다.

"민미영, 여기 앉아 봐. 할 말 있어."

미영이 수돗물을 잠그고 느릿느릿 손을 닦았다. 눈을 감았다 뜨고 깊이 들이켠 숨을 천천히 내뱉었다. 몸과 마음이 조금 안정되는 기분이 들자 걸음을 옮겼다. 미영이 식탁 의자에 앉자마자 오빠는 그 어렵다는 조경사 자격증을 단번에 땄다는 자랑부터 했다. 이야기는 이팝나무, 배롱나무를 거쳐 나무 농사, 조경사업을 넘나들고 코로나, 친구 배신을 거쳐 돈 빌려달라는 것으로 끝났다.

"공사 대금 받는 대로 갚을게. 가지고 있는 대로 융통해 주라."

미영은 치밀어오르는 화를 뱃속 깊이로 내리며 천천히 입을 열었다.

"없어."

"야, 내가 널 모르는 것도 아니고, 월급 착착 모았을 거 아냐?"

미영은 참았던 숨을 훅 내뱉으며 눈을 부릅떴다.

"이 집 넘겨받을 때 대출 낸 돈 아직 갚는 중이야. 벌써 잊었어?"

"집, 그렇지, 그 말 잘 꺼냈다. 그 사이 1억 넘게 뛰었더라. 내 거 받아 벌었으니 그만큼 내놓으면 되겠다. 아이, 얘가 왜 이래? 그냥 달라는 것도 아니고 빌려 달라는데 눈에 쌍심지를 켜야겠어?"

말이 점점 거칠어졌다. 하지만 미영도 예전 미영이 아니다. 어영부영 당할 수 없고 당할 돈도 없다.

"그렇게 말하면 안 되지. 전세금 날리고 쫓겨날 뻔한 거 잊었어? 세입자 우선 권리로 경매받을 때, 그 돈 어디서 나왔는지 벌써 잊었냐고."

"아이고, 민미영, 내 동생님, 많이 똑똑해졌다. 그러면 이 집 명의가 아직 나인 것도 알겠네? 아닌 말로 내가 나가라면 넌 나가야 해."

"하나도, 하나도 안 변했어. 몇 년 만에 나타나 고작 한다는 말이……"

"아이 씨, 그래서 못 해준다는 거야? 참 세상 불공평하고 하늘도 무심해. 제 아버지 죽인 년은 가만있어도 돈이 붙고 조상 제사 꼬박꼬박 지내는 놈은 하는 일마다 어그러지니. 야, 그때 네가 준 약 먹고 아버지가……"

그 순간 미영이 식탁 위에 놓인 티슈 곽, 매일 아침 한꺼번에 삼키는 약들을 집어 던졌다. 벌떡 일어서며 오빠를 노려보았다. 바락바락 악을 썼다.

"또, 또, 그 얘기. 평생 써먹고도 아직 남았어? 나 때문에 죽었으면 그때 감옥에 보냈어야지."

엉겁결에 뒷걸음질 쳤던 오빠의 눈이 휘둥그레졌다. 하지만 40년 동안 갇혀 있었던 미영의 봇물은 터진 둑을 넘어 거침없이 내달렸다.

"때리고 술주정만 하는 인간이 죽어서, 엄마도, 너도, 좋다고 했잖아. 내가 어떻게 해야 했어? 이년 저년 하면서 진통제 달라는데 쬐끄만 애가 버텨낼 재간 있어? 그 약, 서랍 안에 있다고 누가 말했어? 오빠가, 네가 그랬잖아."

"얘가 왜 이래, 혼자 살더니 미쳤구나. 콱……"

미영은 주먹을 올리며 다가오는 오빠 가슴을 먼저 밀었다. 오빠가 당황하고 있는 사이에 둘둘 말린 테이프 같은 살덩이로 계속 밀어붙였다. 오빠는 어어 하면서 현관문 밖으로 내몰렸고 미영은 현관문 안쪽에 주저앉았다. 온몸의 힘이란 힘이 바닥으로 흘러내려 그림자처럼 깔렸다. 미영은 반쯤 넋이 나간 채로 집안을 바라보았다. 세상이 닫힐 줄 알았는데 미영의 세계는 그대로 있었다. 웃음인지 울음인지 모를 괴상한 소리가 미영의 입에서 터져 나왔다.

대못 하나로 죽을 끓이는 나그네에 관한 판단은 다양하다. 어떤 사람은 긍정의 힘으로 사람의 마음을 움직이는 능력자라 하고 어떤 이는 처세술이 뛰어난 사기꾼 기질을 말하기도 한다. 가진 것 술술 내주는 할머니를 두고도 한심하고 불쌍하게 보는가 하면 함께 나누고 누리는 기쁨을 발견하였으니 다행이라는 평가도 있다. 미영은 선 채로 물을 마신 다음 식탁에 앉았다. 적막이 내려앉은 공간엔 에어컨 실외기와 냉장고 돌아가는 소리만 났다. 그제야 생각난 듯 미영은 거실 한쪽에 서 있는 에어컨을 껐다. 무덥고 습한 여름에도 주인의 손길을 받지 못했던 에어컨이 오늘은 웬일인가 싶었을 것이다.

식탁에 다시 앉자 바짝 일어섰던 신경들이 주저앉고 예민했던 감정이 부드러워졌다. 마음이 다시 너그러워지자 그 공터에 오빠와 정휘가 들어섰다. 휴대폰을 열어 무심코 은행과 보험회사 앱을 열다가 미영은 자신에게 화가 치밀었다. 참을 만큼 참았으니 후회 없다는 마음 뒤에 어른들이 싸우는 장면을 정휘가 보지 않아 다행이라는 생각이 뒤따랐다. 지긋지긋한 악연, 잘 끊었다면서도 돈이 얼마나 필요한지 물어나 볼 걸 싶었고 다시 안 본다면서도 통화 목록을 열어 오빠 번호를 찾고 있었다. 미친년, 미친년, 미영은 허공에 대고 구시렁거렸다.

미영의 중얼거림에 다른 소리가 끼어들었다. 현관문이 조용히 열리는 소리, 미영의 신경이 바짝 섰다. 오빠였다. 문이 열려 있었는지 비번을 눌렀는지 모를 노릇이었다. 미영은 소스라치게 놀라며 일어났다. 거의 무의식적으로 식탁 위에 놓인 과도를 손에 쥐었다. 눈앞이 하애졌지만, 미영은 침을 삼키며 두 다리에 바짝 힘을 주었다.

"미, 미영아, 잠깐, 잠깐만, 내 이야기 좀 들어주라."

오빠가 반쯤 구부린 자세로 한 걸음 한 걸음 다가왔다. 보면서도 믿기지 않는, 낯설디낯선 모습은 그뿐이 아니었다.

"미영아, 내가 잘못했다. 내가 못나서 그래. 늦었지만 사과할게. 진심이다. 용서해 주라. 내가 힘들어서……"

초라하고 기죽은 얼굴, 떨리는 손과 흔들리는 눈빛. 미영이 어영부영하는 사이에 오빠가 식탁 건너편에 앉았다. 거짓말 말라고, 속이지 말라고 해야 했다. 그런 표정 짓지 말고 어서 나가라 해야 했다. 그래도 꿈쩍하지 않으면 과도를 내밀며 밖으로 내쫓고 문을 잠가야 했다. 하지만 미영은 의자에 앉고 말았다. 지겹고 바보 같은, 쓰레기통에 처박아야 할 측은지심이었다.

긴 정적 끝에 오빠의 동굴 음성이 흘러나왔다.

"무서웠다. 나도 무서워서, 누구에게라도 뒤집어씌워야, 그래야 살 수 있을 것 같아서…… 못났지만 내가 그랬더라. 아버지 그렇게 됐을 때, 집 날릴 때, 수완 엄마 사고 때…… 크, 크큭."

오빠가 울기 시작했다. 소리가 점점 커지자 미영은 헐렁한 외투 같은 거죽 안에 웅크려 앉은 소년을 보았다. 걸핏하면 아버지에게 두들겨 맞던 아이, 멍청하다고 욕먹고 걷어차이면서도 가만히 있던 아이, 사내새끼가 어디서 우냐는 호통에 끅끅 눈물을 삼키던 아이가 되살아났다. 아아, 그뿐이 아니었다. 어머니는 밭에 나갔다고 말해 에미나 자식이나 한통속이라며 다시 맞던 남자애, 아버지가 찾는 소리에 너는 숨어 있으라며 동생 대신 나섰던 남자애…… 눈을 감지도 않았는데 미영의 눈앞이 새까매졌다가 다시 돌아왔다. 몸이 확 달아오르고 얼굴에 식은땀이 났다. 무시로, 느닷없이 찾아들던 갱년기 증상과 달랐다.

오빠의 울음이 잦아드는 동안 미영은 물을 끓여 국화차를 준비했다. 함께 울 수 없으니 뭐라도 해야 했다.

"정휘가 참 신기해. 아기 때부터 우유 먹여 눕혀 놓으면 칭얼대지도 않았어. 저 혼자 한글, 사칙 연산 다 떼더라니까. 길거리 간판, 음식점 메뉴판 보면서 사람 지치도록 물어 쌓더니 어느 순간 통달하더라고."

찻잔을 내려놓으며 오빠가 화제를 바꿨다. 어깨와 가슴이 펴지고 자부심 가득한 미소가 얼굴 가득 번졌다. 유치원에서 날마다 만났던, 젊은 부모들이 보이는 미소와 같았다.

"보면 볼수록 신기해. 학원은커녕 책상머리에 오래 붙어 있는 것도 아닌데 맨날 1등이야. ……너 닮았나 봐. 어릴 때 아주 똘망똘망했잖아. 너도 뒷바라지만 제대로 받았어도 유치원 선생이 뭐냐, 저, 서울대 강단에 서 있겠지."

"말도 안 되는, 별 소릴 다 한다."

"핏줄이라는 게 있으니 별 소리는 아니다. 근데 요새는 개천에서 용 난다는 말 없다더라. 타고난 머리만으로는 안 된대. 정휘도 맺힌 게 있는지 저렇게 의대, 의대, 노래 부르는데 아무리 똑똑한 놈도 그 뭐냐, 선행 학습 과외를 받아야 한대. 근데 특별한 아이들 모아놓고 하는 수업은 엄청 비싸고. 그런 과외는 돈 있다고 할 수 있는 게 아니라네. 암튼 교육계도 희한해. 그런데 어찌어찌해서 의대를 갔다 쳐. 그 뒤가 더 첩첩산중, 아무리 짧아도 10년 공부인데, 저도 고생이겠지만 그 뒷바라지는 또 어떻게 한다니. 어휴, 우리 형편에 가당치도 않다. 그러니 가도 걱정, 안 가도 걱정, 아, 잠깐, 정휘도 양반 되긴 틀렸다. 제 얘기하는 줄 알고 전화했네."

정휘의 목소리가 미영에게도 들렸다. 세상 다정한 부자간 대화였다. 미영은 살짝 몸을 떨었다. 앞에 보이는 동네 책방이 근사해 보이니 거기서 기다리겠다고 했기 때문이다. 미영의 단골 책방을 정휘가 알아봤다는 게 신통방통했다. 고모님과 함께 나오시라는 말도 가슴에 꽂혀 잔잔한 파문을 일으켰다. 통화가 아쉬웠는지 오빠는 휴대폰을 든 채로 정휘 이야기를 계속했다. 미영은 고개를 주억거리거나 미간을 찌푸리면서 빠져들었다. 오빠의 말에 의하면 정휘는 할아버지와 아버지가 말아먹은 가문의 영광을 다시 찾을 재목이었다. 그러니 잘 키워야 한다고, 어떤 희생이 있더라도 모든 걸 걸고 뒷바라지해야 한다고 했다.

잠시 뒤, 미영은 오빠를 혼자 보냈다. 정휘가 섭섭해할 거라며 강권했지만 미영은 두통 핑계를 댔다. 실제로 머리가 아프기도 했다.

두통약을 찾다가 미영은 식탁에 다시 앉았다. 바늘이 뒷머리를 콕콕콕 찌르는 듯 아팠다. 갱년기 증상인지 열이 확 올랐다. 속으로부터 욕지기가 치밀어오르고 눈물이 났다. 오빠는 정휘에게 투자하는 셈 치라고 했다. 든든한 보험 넣는다 생각하라며 원한다면 계약서를 쓰겠다고 했다. 굳이 듣지 않아도 될 말도 덧붙였다. 죽고 나면 어차피 조카에게 넘어갈 재산인데 지금 인심 쓰면 좀 좋으냐…….

*

비는 계속 세차게 내렸다. 저러다가 갑자기 그칠 거라고 상상할 수 없었다. 여러 날 겪었는데도 그랬다. 수완은 울었던 게 민망하기도 해서 고모에게 내려가자고 했다. 고모가 간이테이블을 치우는 동안 수완이 캠핑 의자를 접었다. 어릴 때부터 공유한 시간이 많아서인지 죽이 잘 맞았다. 앉은자리 정리를 금방 끝내고 수완이 앞장서서 계단을 내려왔다.

"2차는 여기서?"

고모가 고개를 끄덕이자 수완은 들고 있던 술을 테이블에 내려놓았다. 거실 크기에 비해 지나치게 큰 테이블은 튼튼한 원목 다리에 자연무늬 세라믹 상판을 갖추고 있었다. 원색 의자와 세트를 이뤄 척 보기에도 세련되고 고급스러웠다.

"와아, 엄청 편하다. 이거 비싼 거지?"

수완이 테이블 상판을 손바닥으로 쓱 훑으며 말했다. 몸을 비틀어 진청색 등받이도 쓰다듬어 보았다.

"내 명퇴 선물로 샀어. 평생 나한테 인색했더라고. 나이 들고 살까지 찌니 바닥에서는 아무것도 못 하겠어."

"오우, 멋지다. 그래도 혼자 살면서 6인용은 너무한 거 아냐? 설마 여기서 잠도 자나."

"앞으로 쓰임이 있겠지. 나도 제대로 살아보려고. 흐흐, 술이나 마시자."

고모는 웃으며 맥주 캔을 들어 보였지만 수완은 궁금증과 불안감을 그냥 넘길 수 없었다. 제대로 살지 않은 건 뭐며 쓰임은 또 뭔 말이냐고 물었다. 아무것도 아니라던 고모는 수완의 거듭되는 재촉에 한참 만에 입을 열었다.

"흐흐, 이런 계획은 네게도 지분이 있을 거야. 너 사는 게 항상 자랑스러웠거든. ……앞으로 동네 애들 틈틈이 봐주려고. 우리 동네가 집값이 싸니 젊은 사람도 꽤 들어와 살아. 아기가 열이라도 나면 어린이집이나 유치원에 못 보내거든. 그때 도와주면 좋잖아. 노인들도 쉬어가시라 하고 동네 분들 모여 독서 모임도 하고……"

"그래서, 에어컨도 바꾼 거야? 전기밥솥도 큰 걸로?"

수완의 목소리가 급하고 떨렸다. 고모의 말은 예상 밖을 뛰어넘어 수완의 계획을 불안하게 했다.

"그렇지, 뭐. 2, 30년씩 썼으니 바꿀 때도 됐고."

"왜? 어쩌다가 그런 생각을, 아니 내 말은 좋은 일이긴 하지만 고모 스타일도 아니고, 다 늦게 웬 고생인가 싶기도 하고…… 아, 몰라."

"애가 왜 버벅거려, 너 본받으려는데. 너처럼 헌신할 자신은 없지만 그래도 사는 것처럼 살아보려고."

"내가 해 보니 너무 힘들어서 그래. 고모, 그냥 고모 식대로, 편하게, 아, 고모. 내가, 내가……"

수완은 엉겁결에 소리를 지르고 자리에서 일어났다. 무안하고 참혹해서 화장실이라도 다녀와야 했다. 얼마나 지났을까, 옷을 입은 채로 변기에 앉아 있는데 고모가 밖에서 문을 두드렸다. 얼른 나오라고도 했다. 수완은 거울 앞에서 마른세수한 다음 문을 열었다. 테이블에 앉자 고모가 찬찬히 말했다.

"돈 필요하지? 그래도 넌 네 아빠보다 낫다. 사흘씩이나 입을 못 열고 있으니 말이야. ……돈은 없지만, 얘기는 들어 보자."

"돈이 없다니, 왜?"

마지막일뿐더러 유일한 언덕이 무너지는 아득함으로 수완이 되물었다. 고모는 뜨문뜨문 신상에 얽힌 여러 이야기를 했다. 다양하고 긴 사연이었지만 수완의 뇌리엔 한 문장으로만 정리되어 박혔다. 오빠에게 1억5천을 대출해 주었는데 이자가 치솟기도 해서 명예퇴직으로 해결했다!

"직장까지 그만두었다고? 고모, 바보야? 왜 그 인간에게 맨날 당하고만 있어?"

수완이 냉랭하게 말했다. 쪽방촌 사람을 대할 때처럼 차분하고 명철해졌다.

"그 인간이라니."

"그럼 그놈이라 해, 그 새끼라 해? 난 분명히 기억해. 그 인간, 엄마 죽자마자 나도 외면했어. 내가 엄마를 죽였다고 해도, 자식에게 그러면 안 되는 거 아냐? 나는 엄마만 잃은 게 아니라 그때부터 고아였어. 고모가 있었기 망정이지 엄마 따라 죽어도 이상하지 않았을걸."

"네 아빠도 힘들고 무서웠겠지. 내가 있고 너도 웬만큼 컸으니까……"

"엄마 보험도 떼먹으려고 했잖아. 고모 때문에 어쩔 수 없이 내놓는다고 나한테 그랬어. 뭐가 힘들었는데? 기다렸다는 듯 딴 여자 만난다고? 새 가족 꾸린다고? 나는 뭐였는데, 나는 가족 아냐?"

"수완아, 진정해. 쫙 깔고 말하니 무섭다야. 네 아빤들 맘 편하진 않았겠지. 지금은 열심히 살려고 해. 물론 나도 다 믿는 건 아니지만."

"오호, 그 정흰지 뭔지 하는……"

수완은 말하다 말다 입을 닫았다. 누구에게 향하는 건지 모를 분노가 치솟았다. 고모에게 조카는 수완 하나여야 했고 고모의 재산을 물려받는다면 당연히 자신이어야 했다. 그런데 존재로만 알고 있던 어떤 녀석이 나타난 것이다. 고모도 그렇다. 언제부터 친했다고 용돈 보내고 노트북까지 사줬단 말인가. 그런데 고모는 수완의 표정과 말을 다르게 보았는지 입가에 미소부터 걸었다.

"정휘, 고등학교 가서도 줄곧 1등 한다더라. 공부도 공부지만 얘가 참 반듯해. 메시지를 하나 보내도 정성이 느껴져. 아, 사진 함 볼래? 동생이잖아."

"됐어, 나중에."

수완이 짧게 말하자 고모가 만지던 휴대폰을 내려놓았다. 수완은 여러 가지 복잡한 심경으로 몸을 뒤로 뺐는데, 못 죽이라도 끓일 참인지, 고모는 아랑곳하지 않고 말을 이었다.

"네가 지금도 좋아하는지 모르겠는데, 부지런한 하녀 이야기 있잖아. 예전에는 부지런한 것만 봤는데 요즘엔 자기가 만든 옷 입고 즐겁게 춤추는 게 눈에 들어오더라. 어떤 순간에도 즐거움을 누리는 건강한 에너지, 아, 그게 우리 수완이구나 싶기도 했고. 나 말이야, 유치원, 어쩔 수 없이 그만둔다 생각했는데 그게 아니었어. 지금이 너무 좋거든.

이 안에 숨겨진 내 리듬이 뭔지 찾아내는 게 즐거워. 하녀처럼. 어, 한 캔 더하자."

일어나려는 고모를 제지하고 수완이 부엌으로 가 냉장고 문을 열었다. 밝은 빛과 함께 냉기가 훅 끼쳤다. 잠시 그대로 섰던 수완은 문득 할 일을 깨닫고 맥주 캔을 꺼냈다. 두 볼에 하나씩 댄 채 거실 테이블로 돌아왔다. 수완이 앉자마자 기다렸다는 듯 고모가 말했다.

"아 참, 나도 장기 기증했다. 증서도 받았어. 네 말대로 온라인으로 하니 금방 되더라. 연명치료 거부도 했으니 알아둬. 내게 무슨 일 생기면 네가 나서서 해 줘. 수고비는 미리 챙겨둘게."

"아이, 고모. 취했어? 갑자기 왜 이래? 요즘이 인생 최고 나날이라면서 하필 그런 말을……"

수완이 버럭 소리를 질렀다.

"한번은 해야 할 이야기잖아. 불편해도 알아둬야지."

"그래? 그게 다야? 뭐, 뭐 더 놀라게 할 이야기는 없어?"

고모에겐 연금이 있고 집도 있고 보험도 있다. 수완이 넘겨짚을 건 아니지만 고모의 1순위는 수완이다. 자신이 아닌 그 누군가가 끼어들어서는 안 된다. 아빠라는 인간은 물론 정휘라는 녀석, 어림없다.

"내 생명보험은 유산 기부할 거야. 복지단체 유산관리팀에 의사 밝히면 그쪽에서 사업자등록증을 보험회사로 보내준대. 나는 수익자를 복지단체로 바꾸면 되고."

예상치 못했던 말들이 이어졌다. 도대체 고모는 왜 이렇게 바뀌었나, 누가 고모를 이렇게 뒤흔들었나. 고모 말처럼 수완 자신이라면 제 발등을 찧은 셈인가. 수완은 피식 웃고 말았다.

"수완아, 이제 진짜 하고 싶은 말, 너 힘들면 여기 들어와 살아도 돼."

"여기? 일은?"

"지친다며, 중요하고 가치 있는 일이라도 네가 힘들면 그만둬도 돼. 세상에 나 없으면 안 되는 일은 없어. 너를 갉아먹으면서까지 꼭 매달릴 일도 없고. ……여기서 쉬면서 다른 일 모색해 봐. 이야기 속 하녀처럼 즐겁게 지낼 수 있는 일."

"아, 모르겠어."

수완은 한숨 쉬듯 말을 내뱉었다. 흐르는 침묵 사이로 빗소리가 섞이고 수완의 생각도 깊어졌다.

고모를 찾아 옛집으로 온 이유와 다르긴 했지만, 나쁘지 않은 제안으로 여겨졌다. 아니, 더 나은 선택지는 없어 보였다. 긴 세월 혼자 살았기에 다른 사람과 함께 살 수 있을지 모르지만, 쪽방촌으로 갈 수는 없는 노릇이었다. 수완이 멀리 있는 동안 아빠라는 인간과 정휘라는 녀석이 수작 부리게 둘 수도 없었다. 이 집에 버티면서 이 집 명의든 생명보험 수익자든 천천히 생각해 봐야겠다. 수완은 고모를 보며 맥주캔을 들어 보였다. 고모도 웃으면서 그대로 했다. 하지만 수완은 고모 따라 웃지 못했다. 자신이 쪽방촌 사람과 다르지 않다는 생각이 들어서였다.

황금잉어

"지금, 그걸, 말이라고 해?"

못마땅한 마음이 잔뜩 실린 말이었다. 나는 연필깎이용 접칼로 손톱을 다듬던 중이었다. 내가 앉아 있는 거실 바닥까지 햇빛이 들어오고 공기도 따뜻했다. 말하기 좋은 순간이라는 생각에 나는 사거리에 있는 붕어빵 가판대를 인수할 거라고 했다.

"그동안 궁리한 게 고작 그거야? 돈 필요하면 내가 줄게."

남편의 말에 움찔, 칼이 미끄러지고 큐티클이 찢어졌다. 나는 피가 맺히는 손톱을 남의 것인 양 물끄러미 바라보았다.

"그냥 하고 싶어서……"

"사고잖아, 사고였다고. 이제는 제발, 좀 받아들여. 나는 안 힘들어? 그래도 어찌어찌 출근하고 일에 부대끼니 시간이 가더라. 그러니 너도 집에만 있지 말라고 했는데, 고작 한다는 소리가 저깟 붕어빵 장사야?"

 소나기 같은 말을 맞다가 나는 고개를 들었다. 남편의 짙은 눈썹이 씰룩거리고 굵게 쌍꺼풀진 눈엔 핏발이 선 것 같았다. 그는 주먹으로 두어 번 벽을 쳤다. 말할수록 화가 더 치미는 모양이다. 원래 표현이 적극적인 사람이다.

 "너라는 사람, 정말 힘들다. 도대체 언제까지 이럴 거야?"

 날카롭다 못해 경멸 섞인 말에 내 마음이 차갑게 닫혔다. 의식적으로 결심하고 억지로라도 열려 했던 창이었다. 나는 그를 베란다로 이끌어 저 아래 길모퉁이를 보여 줄 생각이었다. 그곳이 얼마나 햇살 바르고 지나가는 사람들 보기에 좋은지 말할 참이었다. 하지만 이번에도 내 입은 열리지 않았다. 박박 긁어모았던 에너지가 다시 흩어졌다. 피식, 내 입꼬리가 올라가자 남편은 나를 향하던 주먹으로 벽을 쳤다. 나는 겁먹지 않았다. 그의 용의자가 아니니까. 부하직원이 아니니 따르는 척하지도 않았다. 윽박지르거나 몇 대 때려서라도 상대를 때려눕히는 건 경찰서 안에서나 통할 일이다.

 친구 부부의 소개로 남편을 처음 만났을 때 그는 파출소 소장이었다. 파출소 안에서 가장 나이가 어렸지만, 계급은 계급이라며 업무 수행이 힘들지 않다고 했다. 카리스마 짱, 허우대 좋고 성격 분명하네. 상대가 화장실로 간 사이에 친구가 말했다. 내가 머뭇거리자 친구의 남편도 나섰다. 그럼요, 고등학교 다닐 때부터 머리 좋고 목표가 분명했어요. 경찰대도 그렇게 갔고요. 저 친구가 마음먹으면 안 되는 일 없을 걸요. 부모님은 연금으로 살 수 있댔고 물려받을 땅도 있어요. 그래도 연애는 못 해본 숙맥이에요. 민하 씨는 천연기념물 데리고 그저 비둘기처럼 다정한 부부로 살면 된다니까……

나는 일하는 여자 원치 않습니다. 가사 노동도 충분히 가치 있다고 생각합니다. 데이트랍시고 몇 번 만난 뒤 그가 말했다. 빠르고 보폭 넓은 그에게 맞춘다고 숨을 헐떡이던 나는 걸음을 멈췄다. 건조하고 밋밋했으나 고백이라는 건 알 수 있었다. 단단한 어깨와 긴 다리를 감싸고 있는 제복이 눈에 들어왔다. 햇빛 받은 칼주름을 보며 나는 그가 분신처럼 품고 다닌다는 총과 수갑을 떠올렸다. 그것은 차고 날카로운 금속이지만 위험을 막아내는 물건이기도 했다. 나는 그의 독단적이고 강한 성격을 좋은 쪽으로 생각했고 그를 부드럽게 데울 내 체온을 믿으며 청혼을 받아들였다. 결정이 분명하고 실행은 빠른 그가 신선하고 멋져 보였다. 우유부단했던 아버지를 싫어하는 마음만큼 그에게 끌렸다. 우리는 결혼했고 아파트를 샀으며 출산 계획과 재산 증식 로드맵을 짰다. 나는 고개만 끄덕이면 되었다. 평생 해결 과제를 등에

진 채 허우적거리던 어머니를 떠올리며 나는 안심했다. 안전감을 느끼기도 했다. 남편은 직장에서나 집에서 한결같다는 걸 자신의 덕목으로 꼽았고 나도 그렇게 생각했다.

시댁의 다섯 형제자매는 나름대로 다복했지만, 대학물 먹은 사람은 남편뿐이었다. 그들은 그의 말이라면 무조건 존중했고 토 달지 않고 따랐다. 작은 아 고집은 아무도 못 당했제, 하기사 꺾을 필요조차 없었어야, 틀린 일 하는 법이 없었으니께. 시어머니에겐 자랑이었지만 나는 조금씩 지쳐갔다. 그는 항상 자신만 옳은 사람이었다. 고군분투하고 있는데 무슨 토를 다느냐는 식이었다. 경찰청으로 전보된 후로는 거의 야근이고 사흘돌이로 출장이라 얼굴 보기 어려웠다. 어쩌다가 일찍 들어오는 날에도 손끝 하나 까딱하지 않았다.

남편이 티슈 케이스를 내 쪽으로 던지더니 밖으로 나가버렸다. 나는 한쪽이 짜부라진 종이 곽을 반듯하게 편 다음 휴지를 빼내 피 고인 손톱을 닦았다.

계좌로 돈을 보낸 다음 가판대와 그에 딸린 기구 전부를 받았다. 가스통과 빵틀, 크고 작은 통 두 개와 주전자는 물론이고 어묵 꼬치를 우려내도록 짜 맞춘 네모 솥까지 있었다. 그동안 부지런히 닦아 반질반질해진 스테인리스 표면을 쓰다듬는 전 주인의 손이 가늘게 떨렸다. 나는 슬쩍 눈을 돌렸다. 그래도 니 때매 내가 살았는디, 인자 새 주인 잘 도와래이. 혼잣말하던 그녀가 치맛말기를 툴툴 털며 오종종한 얼굴을 내게 돌렸다. 온갖 신산스러운 일을 겪은 듯한 검고 주름진 얼굴이었지만 눈만은 선명하고 깊어 보였다. 그녀는 내게 고운 손으로 이런 일을 할 수 있겠냐고 재우쳐 물었다. 이런 거 하는 사람은 어디 정해져 있나요? 내가 반문했지만 그래도 미심쩍은 눈으로 내 아래위를 계속 훑었다.

은산 할매라고 부르라던 그녀 말대로라면 어려울 것이 하나도 없어 보였다. 재료상에서 밀가루 반죽과 팥소는 물론 생수와 종이봉투까지 보내준다고 했다. 그러니 기름을 약간 칠한 틀에 반죽을 부어 넣기만 하면 되었다. 언제 뒤집는가가 문제일 뿐인데 몇 번만 해보면 감이 잡힐 것이라고 말했다. 손님이 뜸할 때 빵틀을 세로로 세워 놓는다거나 가위로 군더더기를 예쁘게 잘라내어 철망에 올려놓는 것쯤은 나도 알고 있었다. 나는 고개를 잦혀서 9층 우리집을 가늠해 보았다. 베란다에 서서 지나가는 사람들의 표정이나 세워져 있는 빵틀을 보던 나를 그려 보았다. 탁자 위에 있을 망원경도 떠올렸다.

"붕어가 아이고 잉어라니까. 이거 보소, 황금잉어빵. 이래 봬도 상표 등록까지 마친 족보 있는 놈이라꼬."

은산 할매는 종이봉투를 집어 보이며 말했다. 아닌 게 아니라 수염까지 달린 물고기 아래에 선명하게 황금잉어빵이라는 글자가 박혀 있었다. 조잡하게 그려진 물고기가 도무지 황금 잉어로 보이지 않아 나는 소리 내어 웃었다. 아따, 웃으니까 야드르르하니 더 곱구먼, 내가 미덥지 않게 보였는지 은산 할매가 지칫거렸다. 이런저런 당부를 보태다가 나중에는 휴대폰에 저장한 번호를 확인까지 하며 힘들면 연락하라고 했다.

 은산 할매가 떠나고 얼마 지나지 않아 주문해 놓았던 의자가 왔다. 엉덩이를 깊숙이 넣어도 여유가 느껴지는 바닥은 편해 보였고 팔걸이에 천까지 도톰하게 깔려있어 보기에도 좋았다. 비닐을 걷어내고 햇살 바른 담벼락에 붙여 놓으니 그런대로 어울렸다.

 열쇠로 전봇대에 비끄러매 놓았던 가판대를 풀고 포장을 벗겨냈다. 집에서 씻어온 통에 반죽과 팥소를 담아 제자리에 놓고 빵틀에 기름을 칠했다. 상체를 한껏 숙여 가판대 앞판을 천천히 닦았다. 행주가 닿을수록 크고 작은 잉어 두 마리가 꼬리를 뒤채며 밖으로 튀어나올 듯했다. 처음엔 엉성한 그림이었으나 날이 갈수록 잉어는 살이 붙고 숨을 쉬는 존재로 거듭났다. 첫울음 이후로 나날이 몸이 옹글고 매

순간 웃던 아들이 생각났다. 두 손 가득한 생생한 기운이 나를 엄마로 되돌려 놓는 것 같았다. 또르르 흐르는 눈물도 따뜻하게 여겨지는 순간이었다.

빵을 굽기 시작한 지 벌써 한 달이다. 전봇대와 담벼락 사이에 빠듯하게 들어앉은 LPG 가스통 밸브를 여는 순간 헛기침 소리와 함께 정 노인이 얼굴을 들이민다. 황금색 단추가 달린 감색 양복에 중절모로 멋을 더한 차림새다. 오래전 초등학교 교장으로 퇴임한 그는 하루에 한 번 이상 들르는 단골손님이다.

너무 일찍 온 모양이네. 그가 겸연쩍게 말했다. 나는 손사래를 치며 팔걸이가 반질반질한 의자를 슬쩍 밀었다. 그도 나처럼 볕을 좋아했다. 햇발에 온몸을 맡긴 채 하염없이 앉아 있기를 즐겼다. 갑자기 생기가 도는 순간도 비슷해서 교문 밖으로 떼지어 나오는 초등학생들을 보거나 그 또래 아이들이 둘씩 셋씩 뭉쳐 걷거나 뛰는 모습을 볼 때마다 그는 어이쿠, 저런, 에그, 에헤, 하면서 자기도 모르게 일어서거나 말 한마디라도 붙이고 싶어 했다. 준서 녀석 어제는 돌봄교실에 갔을까. 그가 앉으면서 중얼거렸다. 글쎄요. 내 짧은 대꾸에 정 노인이 다시 말을 받았다. 그놈도 외로운 신세네 그려, 저나 나나 따순 밥 먹는 팔자는 아닌가 봐. 정 노인의 목소리가 흔들리고 눈자위가 붉어졌다. 나는 짠한 마음으로 괜한 행주질만 했다.

검은 빵틀이 달아오르기를 기다리는 동안 나만의 반죽을 다시 만들어 보기로 한다. 나는 치자 우린 물을 넣은 밀가루를 계속 저었다. 반죽이 제대로 됐다 싶은, 달걀노른자색이 나올 때까지 정 노인은 가만히 쳐다만 보고 있다. 늘 하던 대로라면 이 집 잉어를 몇 마리 먹지 않으면 하루가 섭섭하거든, 이라고 말해야 하고 나는 빵이 정 노인의 점심 끼니라는 걸 알면서도 아이고, 고맙습니다. 어쩌고저쩌고 하는 게 순서다. 그런데 오늘은 이상하게 말이 없다.

나는 주전자를 기울여 밀가루 반죽을 빵틀에 채우면서 일부러 크게 말했다.

"황금 잉어를 만들어 보려고요. 어르신이 한번 봐주세요."

정 노인은 대답 대신 시계를 거푸 보며 미루적거리고 나는 갈고리로 빵틀을 뒤집었다.

"무슨 하실 말씀이라도 계세요?"

"으음, 그게 그러니까……"

정 노인은 말을 제대로 잇지 못하고 저승꽃이 군데군데 핀 손등을 보이며 마른세수를 했다. 어제만 해도 여간 곰살맞지 않아 뉴스며 연속극 이야기를 아기자기 엮어냈는데 밤사이 무슨 일이라도 생겼나 싶어 나는 적잖이 긴장되었다.

"저기, 내가 오늘 누굴 좀 만나기로 했는데."

정 노인은 간신히 몇 마디를 하더니 다시 까칠한 손을 비벼댔다. 나는 감색 양복 위에서 빛나는 황금색 단추에 시선을 맞추며 기다렸다.

"이것 참, 늙어서 주책이라, 새댁 집은 낮에 비어있다고 했지?"

"예, 그런데요?"

"그게, 그러니까, 그래, 내 말하리다. 오늘 낮에 새댁 집을 두어 시간쯤 빌릴 수 있을까……"

지난 이 년 동안 한 번도 남을 들이지 않은 집을 빌려달라니 그렇게 하라기도, 힘들게 하는 부탁을 단칼로 자르기도 뭣했다. 내가 난감해하자 정 노인이 은산 댁을 초들었다. 정 노인은 은산 할매를 은산 댁으로 불렀다. 그럴 때마다 나는 괜히 미안해져서 은산 아주머니로 불러야겠다 마음먹곤 했다.

"은산 댁이 밥 한 끼 해 주고 싶다 그러네. 망령인 줄 알지만 그 밥상 한번 받고 싶어서 말이야. 그런데 은산 댁을 우리 며느리가 쓰는 부엌으로 부르겠나, 그렇다고 수족 못 쓰는 남편 있는 그 집으로 내가 가겠나. 참, 이 나이에……"

그러면서 그는 머리를 긁적거렸다. 빵틀을 넘기며 나를 애잔하게 보던 은산 할매가 떠올랐다. 반신불수인 남편을 씻기고 입히고 세 끼를 다 챙겨 먹여야 한다면서도 포장 안으로 들어와 자기 일처럼 빵을 굽거나 뒷설거지를 해 주던 사람, 어쩌다가 팥죽색 의자에 앉아 담배를 피워도 냄새난다고 눈 흘길 수 없는 사람.

"전화가 계속 울리네. 받으시게."

정 노인이 손을 앞으로 내밀며 말했다. 생각에 빠져 있던 나는 휴대폰을 들었다. 발신자 이름에 몸이 먼저 멈칫했다.

나는 정 노인에게 현관문 비밀번호를 건넸다. 준서와 더불어 정 노인과 은산 할매는 내가 새롭게 사귄 사람들이다. 둘의 관계를 어렵사리 털어놓는 그들을 나 몰라라 할 수 없었다. 오래 계셔도 돼요, 어차피 낮에는 비어 있는걸요. 나는 미소를 띠며 말했다.

낮에는 비어있는…… 쓴맛이 올라오는 말이었다. 오래전 우리집이 생각났다. 밋밋하고 따분하던 나의 일상은 아들이 태어나면서 부산스러워졌다. 경찰서처럼 딱딱하던 집도 환하고 따뜻해졌다. 처음에 남편은 아이가 울어도 선뜻 안지 못했다. 못하겠어, 부러질 거 같아. 남편은 그렇게 말하면서도 내가 안겨주는 아이를 조심스럽게 받았다. 벌겋게 달아오른 그의 얼굴과 떨리는 손은 나에게도 흘러 마음이 말랑말랑해지고 콧등이 시큰거렸다. 예전과 다름없이 남편은 사흘돌이 출장을 다니고 전화 호출을 받으면 잽싸게 나갔지만 나는 외롭지 않았다. 아들의 키를 재고 뜨개질을 하거나 푸딩이나 주스를 만들면서 바빴고 집은 젖내와 분 향기로 넘실거렸다. 세 돌을 넘기면서 아들은 호기심이 넘쳐 내내 질문을 퍼부었고 나는 아이의 보송보송한 살결과 손을 조몰락거리며 과학자나 화가, 의사 혹은 판사로 성장한 아들을 상상하곤 했다. 한순간에 모든 것이 뒤집힐 줄도 모르면서 행복하다고 느끼며.

아주 짧은 한순간에 한 생명이 떠날 수 있다는 걸 나는 알지 못했다. 일상의 걸음 속에 그토록 가까이 있는 허방을 인정할 수 없었다. 어린이 보호구역으로 질주한 음주 운전자를 용서할 수 없었다. 가혹하게 장난치는 신의 천연덕스러움을 받아들일 수 없었다. 이것을 살까 저것이 좋을까 슈퍼에서 한가하게 물건을 고르던 나를 용납할 수 없었고, 낮잠 잤던 남편을 용서할 수 없었다. 나는 엄마와 손잡고 가는 아이를 볼 때나 옷이나 장난감이 진열된 창 앞에서 소리 내어 울었다. 통곡하면서 쏘다니다가 몸이 탈진해서야 집으로 들어갔다. 하지만 얼마 지나지 않아 외출이 줄고 친척이나 친구들의 전화도 받지 않게 되었다. 죽은 뒤에 더 가깝고 사랑스러운 아들의 방에서 보냈다.

남편은 여전히 출장과 외근으로 바빴고 집에서는 텔레비전을 보았다. 그렇게 집에만 있지 말고 바람이라도 좀 쐬지, 친정에 다녀오든지, 라고 말하는 게 전부였다. 남편 친구의 말이 떠오르는 때가 많았다. 고등학교 다닐 때부터 머리가 좋고 목표가 분명했어요. 저 친구가 마음먹어 안 되는 일은 아마 없을 걸요……. 남편은 내가 정신과 치료를 받는 것을 몰랐으며 아들의 첫 기일을 잊을 만큼 바빴다. 나는 아들 얼굴이 언뜻언뜻 비치는 남편을 보는 게 괴로웠다. 거의 외면했으며 때론 괴롭혔다. 맛있게 먹는 일이나 텔레비전을 보면서 웃는 것도 이유가 되었다. 이혼하자고도 했다. 그래도 남편은 사고였을 뿐이야, 시간이 흐르면 괜찮아질 거라 했다. 참 쉽네, 너나 그러세요. 나는 비아냥거렸고 그는 짧은 머리카락을 쓸어 올릴 뿐이었다.

그런데 며칠 전 시어머니가 전화로 전한 말은 달랐다. 몇 년만의 통화였지만 미적거림이나 잘 있냐는 인사말은 없었다. 작은 아가 짠해 죽겠어. ……여기만 오면 그렇게 울어 쌓네. ……산만한 덩치가 방문 걸어 잠구고. ……우짜겠어 산 사람은 살아야제. 그거뿐인 내 말에 예예 하는데 두어 달 지나면 또 그래야…… 전화라서 다행이었다. 대꾸하지 않아도 되고 표정을 가다듬을 필요도 없었다. 머릿속이 왕왕거렸으나 가만히 듣기만 했다. 전화를 끊으려는 순간 시어머니의 황급한 음성이 들렸다. 에미야, 미안했다. 그땐 나도 미쳤던 게라, 손주를 잃었으니 누구 탓이라도 해야……

용서해라……

 교문을 빠져나온 한 무더기 초등학생이 사거리로 쏟아졌다. 아이들은 기다리고 있던 차를 타고 피아노교습소나 미술학원 혹은 태권도장으로 몰려다녔다. 집으로 걸어가는 아이들은 인형 뽑기 기계 앞에서 미적거리다가 간혹 잉어빵을 사 먹는다. 나는 뜨거우니 조심하라고 다정하게 말을 건넨다. 내 말에 얌전히 빵을 받는 아이들을 보면 마음이 쏠려 일에 집중하기가 어렵다. 휴지를 떨어뜨리거나 물을 쏟고 빵틀에 손을 데이거나 딴 손님을 놓치기도 한다. 앙증맞은 손끝으로 잉어 꼬리를 잡고 오물오물 씹는 모습을 보고 있으면 내 피부가 촉촉하게 젖어왔다. 삭정이 같았던 기관이 비로소 숨을 쉬고 관절도 제대로 움직였다. 그때마다 상상도 이어졌다. 빛나는 비늘이 돋고 뱃살이 올라 내 몸은 황금색으로 빛나는 잉어가 된다. 아가미가 연신 파닥거리고 힘차게 꼬리를 치며 강물을 거슬러 오르다가 작고 빛나는 아이 앞에서 가만히 꼬리를 내린다. 아이는 나를 조심스럽게 집어 올려 눈을 맞추어 인사한 다음 앙증맞은 이로 나를 깨문다. 그 간지러움에 나는 오소소 몸을 떨며 아이의 입속으로 들어간다. 연한 꼬리가 아이의 침과 섞이고 때론 도톰한 머리부터 혀 위에 얹히기도 한다.

나이에 맞지 않게 심드렁한 표정으로 건들건들 걸어오던 준서가 포장 안으로 들어섰다. 나는 일부러 바쁜 척했다. 속상해하는 몸짓과 골난 목소리가 재미있어서다. 준서는 바짝 얼굴을 들이밀었다.

"아줌마, 안 기다렸어요? 저 멀리서부터 보고 있을 거라더니."

"으응, 언제 왔어?"

짐짓 태연하게 말을 받던 나는 참지 못하고 웃음을 터뜨렸다. 입을 삐죽거리는 준서가 너무 귀여워서 저절로 그렇게 되었다. 나는 준서에게 한 옥타브 높여 종알거렸다. 오늘도 급식을 안 먹었냐, 태권도 가는 날 아니냐, 뒷줄 친구하고는 아직도 싸우는 중이냐, 이제는 두 자리 나눗셈을 할 수 있냐…… 이제 본론으로 넘어갈 순간, 잠시 숨을 멈춘 다음 나는 보자기를 살짝 걷었다. 마음이 콩닥, 콩닥거렸다. 준서는 실험 가운을 입은 과학자처럼 진지하고 엄숙하게 잉어빵을 쳐다보았다. 나는 판사의 처분을 기다리는 피의자처럼 긴장했다. 말도 조심스럽다.

"어떠니? 잘 나왔지?"

준서는 빵 든 손을 멀리 보냈다가 다시 당기고 또 뒤집었다. 그 의젓한 태도에 나는 마른침을 삼켰다.

"에이, 아니에요."

단호하게 내뱉는 준서의 말에 나는 힘이 빠졌다. 며칠 동안 이리저리 시도해본 것이 허사로 돌아간 느낌이다. 황금 잉어를 만들지 못하고 말 것인가.

"아줌마도 보세요. 노랗긴 한데 빛이 안 나요. 황금은 번쩍번쩍해야죠."

곁눈으로 나를 보았는가, 준서는 표정을 바꾸고 조심스럽게 말을 낮췄다.

"그래도 혹시 알아요? 정말 빛날 수도 있을 거예요. 자꾸 원하고 노력하면 언젠가는 이루어질 거라고 아줌마도 말했잖아요. 으음, 내일은 포스터칼라를 가져올까요? 우리 아빠가 해외연수 가서 80색으로 사 온 게 있는데."

"얘 좀 봐, 어떻게 먹는 것에 물감을 타니?"

"그러면 물감 속에다 잉어를 집어넣어요, 뭐."

아주 심각한 목소리와 달리 준서의 반달눈썹이 웃었다. 이럴 때 준서는 열 살이 아니다. 얼마나 어른스러운지 곱셈과 나눗셈을 통과하지 못하고 있다거나 부모 눈을 속이고 학원을 빼먹는 모습은 상상할 수 없다. 나는 준서의 뽀얀 피부를, 빵을 베어 문 채 오물거리는 입을, 반듯한 어깨와 야윈 목을, 눈이 부시도록 보았다.

반응은 뜻밖의 곳에서 찾아왔다. 치자를 풀어 노란색을

짙게 낸 빵을 찾는 사람이 갑자기 많아졌다. 영상을 보고 찾아왔다는 사람도 있었는데 나로서는 처음 듣는 이야기였다. 어떤 잉어빵의 팥소에 감춰진 금붙이를 가져오는 사람에게 잉어빵만 한 황금을 준다는 것이었다. 팥소 안의 금붙이 양은 주인밖에 몰라서 그 양을 조작할 수도 없다고 했다. 그 소문에 의하면 0.01mg의 차이도 허용하지 않는 저울을 내가 가지고 있어야 했다. 근거 없는 소문에 불과했으나 그 이야기를 들으며 나는 전자저울과 황금을 준비하고 싶었다. 살아 펄떡이는 잉어였으면 더 좋겠지만 금붙이도 나쁘지 않았다.

줄 서는 수고쯤은 얼마든지 하겠다는 손님들이 반죽 부풀어 오르듯 날마다 늘었다. 그동안 고쳐 부르게 된, 은산 아주머니가 나서 주어서 다행이었다. 처음에는 내가 구워낸 빵을 은산 아주머니가 봉투에 담아 건네고 계산하는 식이었는데 얼마 전부터는 빵틀을 더 들여 동시에 빵을 구워냈다. 빵틀이 하나였을 때 그녀가 했던 일은 자연스럽게 정 노인과 준서가 맡게 되었다. 빵틀 속에 반죽을 반쯤 넣고 잠시 닫았다가 다시 열어 팥소를 넣고 반죽을 마저 채워나가는 과정이 거의 기계적으로 이루어졌다. 빵을 뒤집어야 하는 순간이나 노릇하게 익는 시점이 되면 저절로 손이 갔으며 실수도 없었다. 재바르기로 말하자면 은산 아주머니가 나보다 몇 수 위였다. 집에 다녀갈 때마다 어김없이 청소까지 해놓는 그녀였다. 그러지 말라고 거듭 말해도 소용없었다. 나는 그 아까운 시간에 손이라도 꼭 잡고 있으라고 정 노인에게 화살을 돌려 보았지만, 그 역시 허허 웃을 뿐이었다.

재료 소진으로 일찌감치 뒷설거지하던 중, 포장 안으로 쑥 들어서는 사람이 있었다. 다 팔렸어요. 내일 오셔야겠는데요. 빵틀을 정리하며 말하는 은산 아주머니의 팔을 정 노인이 찔렀다. 우두망찰하고 있었던 나를 눈치챈 모양이었다.

정 노인과 은산 아주머니가 누구에게랄 것도 없이 엉거주춤 인사하고 떠나자 남편이 말했다.

"누구야?"

"같이 일하는 분들."

나는 머릿속으로 그가 온 이유를 궁리하며 짤막하게 대답했다. 아침나절 정 노인과 은산 아주머니가 집에 머문 것을 알았나 싶어 마음을 졸였다. 혹시라도, 경찰 특유의 감각으로 타인의 체취를 느낀 걸까? 추궁한다면 나는 뭐라고 말해야 할까? 머릿속이 복잡해졌다.

"어째 좀 젊은 사람으로 쓰지 않고, 꼬마는 누구지? 꽤 똘똘하게 생겼더라만."

황금 잉어 199

예상이 빗나간 것을 다행으로 여기면서 나는 성마르게 반응했다.

"당신과 상관없잖아. 용건이나 말해."

그런 빈정거림을 받고도 남편은 밀가루가 말라붙은 반죽통이며 빵틀, 천장에 걸린 두루마리 휴지며 가스통을 두리번거리고 있었다. 그렇게 한참을 미적거리는가 싶더니 느릿하게 입을 열었다.

"저 위에서, 집 베란다 말이야, 당신을 봤어."

평소 말투가 아니었다. 익숙하게 보던 모습은 더더구나 아니라 나는 당황스러웠다. 짧은 머리에 칼주름 제복이 갑자기 힙합바지를 입은 것처럼 어색했다.

"웃고 있더군, 손은 바쁜데 얼굴이… 참… 환했어. 옆에 있던 망원경은 당신이 쓰던 거였어? 쌍꺼풀진… 눈이며 덩그런… 목이… 렌즈 안으로 들어오더라."

끊어지는 듯하다가도 드문드문 이어지는 말을 들으며 나는 점점 불편해졌다. 어린 물고기 몇 마리가 몸 안에서 미끈거리는 것 같았다. 요리조리 헤엄치다가 숨구멍을 뚫고 살갗 밖으로 나오려고 하는 것 같았다. 나는 팔을 북북 긁으며 말했다.

"그만해, 거북해."

서둘러 마음 빗장을 끌어맸지만 어쩐지 기운이 쑥 빠져

버린 느낌이었다. 뇌리에서 사라지지 않던 시어머니의 말이 다시금 왕왕거렸다. 작은 아가 거기서 교통 봉사한 거 넌 알았냐, 상 받은 기사를 넷째가 보이주더라. ……상 주지 말고 눈물 가져가면 좋겠지만 ……다 짠해. 짠해 죽것어. 미안하다, 용서해라……

 팥소 색 의자가 비어 있는 시간이 많았다. 손님들이 나를 쉬지 못하게 했다. 예전에, 거실 바닥으로 깊숙이 들어왔던 볕이 사라지면 베란다에서 오래도록 바깥 거리를 봤다. 햇살이 가장 많이 내리는 사거리 모퉁이는 볼거리가 많았다. 움찔거리는 팔근육의 붕어빵 굽는 여자, 교문 밖으로 재재거리며 나오는 아이들, 혼자 뒤처진 채 터벅터벅 걷는 사내애…… 나는 지치도록 해바라기를 하고 싶어서 거리로 내려왔고 망원경 안으로 들어왔던 사람들과도 친하게 되었다.
 나는 이익금 반을 은산 아주머니와 정 노인에게 주었다. 나 혼자서 반을 가진 것은 황금 잉어를 만들까 해서였다. 근거 없이 퍼진 소문이지만 아름다운 희망이었고 나는 누구에게라도 그 잉어를 안겨주고 싶었다. 미세한 차이라도 단박 알아내는 저울도 사려고 마음먹었다.
 어느 날 남편이 중국의 어디라며 전화를 해왔다. 고작 두세 마디였지만 공연히 신경이 쓰였다. 급한 용건이 있는 것도 아니었고, 긴요한 말이 오간 것도 아닌데 오래도록 여운이 남았다. 다시 전화가 온다면 표창장을 왜 찢어 버렸는지 물어볼까 싶기도 했다.

빵을 굽는 중에도 불쑥불쑥 남편의 모습이 떠올랐다. 곤혹스러웠다. 여권 때문에 급한 걸음으로 집에 온 그가 문득 바라보았을 햇빛, 거실을 거쳐 베란다로 이끌었을 기운, 자동차에 탔다가 내게로 돌아선 걸음, 베니어합판에 그려진 잉어에 오래 머물던 시선. 이런 게 하나씩 혹은 한꺼번에 떠오르면서 나를 어지럽혔다. 몇 번이나 무릎에 힘이 빠져 비틀거렸고 빵틀을 뒤집던 손이 펴지지 않았다. 약재상까지 갔다가 치자열매 사는 것을 잊거나 이미 도착한 생수를 다시 주문하는 일도 있었다.

태국에서 건다는 남편의 전화를 받은 날은 준서가 제 부모에게 두들겨 맞은 날이기도 했다. 부부 교사라고 했지만, 남자의 은색 체인 목걸이나 여자의 짙은 보라색 아이섀도는 학교와 거리가 멀어 보였다. 남자는 가판대 상판을 주먹으로 툭툭 치며 침을 찍 갈겼고 여자는 나를 있는 대로 노려보았다. 어느 틈에 달아났는지 준서는 보이지 않았고 빵을 사려던 여자 두어 명도 자리를 떠버렸다. 준서의 부모로는 도무지 어울리지 않아 보였지만 나는 그들에게 아들이 얼마나 준수하고 사려 깊은지, 착하고 유머가 풍부하다고 말했다. 남자의 반응은 쳇, 딱 한 마디였고 여자는 나를 신경질적으로 쏘아보았다.

"이 여자가 아직도 우릴 놀리네, 곱상하게 생겨놓고 이거 순 여우 아냐?"

은산 아주머니가 발끈했고 정 노인 역시 그게 무슨 말이냐고 엄한 목소리를 냈다. 하지만 이제 그들은 막무가내였다.

"오라, 노친네도 여기서 일하셔? 하기야 어린애 장사시키는 막 나가는 업주가 틀딱인들 못 쓰겠나."

남자가 눈과 입을 일그러뜨리며 침을 뱉었다.

"이것 봐, 아줌씨!"

나에게 뱁새눈을 돌리며 남자가 다시 말했다. 곧 주먹이라도 날아들 것 같은 분위기라 나는 점점 무서워졌다.

"준서 놈 귀한 자식이야. 아줌씨가 그러면 안 되지."

"무슨 말씀인지…"

"아, 이 여자가. 준서 아빠, 봐, 보통 아니라고 했지? 여기 올 필요도 없었어. 미성년자를, 그것도 돈 한 푼 안 주고 일 부려 먹은 죄목으로 경찰서로 끌고 가야지."

여자의 말이 이어졌다.

"그것만 있나? 다 알고 있으니 발뺌할 생각은 마라구. 왜 우리 준서를 물고 빨고 야단이야? 엉덩이 만지고 고추까지 보자 했다며? 그래, 또 말해 볼까? 금이 든 붕어빵 있다고 사기도 쳤지? 준서가 그 어린놈이 글쎄, 유튜브 올릴 영상 만든다고 공부할 시간이 없었대요. 당신이 시킨 일이라는 것 다 알아."

소리가 커지자 지나가던 사람들이 흘끔거리고 더러는 걸음을 멈춘 채 구경하기 시작했다. 황당하고 억울한 쪽은 나인데 여자는 울었고 남자는 욕하며 반죽 주전자를 던졌다. 무서웠다. 칼이라도 들이댈 것 같아 나는 물론이거니와 은산 아주머니와 정 노인도 대거리할 수 없었다.

"씨발, 그러고도 네년이 사람이야?"

남자가 가판대를 확 차면서 고함을 지르더니 나가버렸다. 여자는 어느새 말끔해진 얼굴로 오금 박듯 내게 말했다.

"그냥 있지는 않을 거야. 준서 아빠 꼭지 돌면 나도 못 말려. 콩밥 먹고 싶지 않으면 생각 잘해. 나중에 후회하지 말고."

그러면서 황황히 남자를 뒤좇아 갔다.

그날 밤 남편의 전화를 받으며 나는 좀 찔끔거렸다. 통화를 끝내며 들었던 아쉬움이 침대에 누워 잠을 청하다 말고 다시 떠올랐다. 출장이 언제까지냐고 물어보고 싶었던 내 마음에 나는 화들짝 놀랐다.

제 부모가 나타난 후 준서는 오지 않았다. 나는 여전히 걸어가는 준서를 눈으로 따라잡았지만, 그 애는 뒷길로 돌아가 버렸다. 잉어빵을 찾는 손님들도 급격하게 줄어들었다. 치자를 넣어 만든 황금색을 두고 유해 색소 아니냐고 물어올 때는 한없이 괴로웠다. 그렇다고 손님이 완전히 끊긴 건 아니었다. 지어낸 이야기에 뭔 신경을 쓰냐며 입과 눈에 익은 잉어빵을 찾는 사람들이었다. 둘이나 셋이 할 만큼 일이 많은 것이 아니라 나는 자주 은산 아주머니에게 가판대를 맡겼다. 당장 낫는 병도 아닌데 어쩌겄어. 약값이라도 벌어야제. 그녀는 심드렁하게 말했으나 표정은 밝고 들떠 보였다. 정 노인은 전과 다름없이 우리 집을 빌렸으나 은산 아주머니 집에 가 있기도 했다. 빵틀에 잡힌 은산 아주머니를 대신해서 반신불수 환자를 돕는다고 했다. 좋은 일 하신다는 내 말에 정 노인은 정색했다. 한 번씩 몰래 만나는 게 미안할 뿐이야, 그리고 내 몸 성할 때 당연히 도와야지. 나도 언제 쓰러질지 모르잖아. 나는 그 순간 그의 반백의 머리 뒤에 슬쩍 떠오르는 황금색 후광을 본 것 같기도 했다.

종이상자를 뒤엎자 그동안 벌어들인 돈이 거실 바닥으로 쏟아졌다. 간혹 오천 원권이나 만 원권이 보였지만 꼬깃꼬깃한 천 원짜리가 대부분이었다. 카드 사용과 계좌이체의 절반도 안 되는 현금 거래이지만 액수가 꽤 컸다. 매일 저녁 나는 낮에 번 돈을 그대로 통에 집어넣었다. 거기서 가판대를 인수한 돈을 갈무리해 두지도 않았고 다음 날 쓸 재료비를 빼내지도 않았다.

하루는 장롱 깊숙이 넣어 두었던 보석함을 꺼냈다. 하나, 둘, 셋…… 아들의 돌 반지가 열두 개나 되었다. 나는 그것을 하나하나 쓰다듬고 새끼손가락에 끼워보기도 했다. 삐뚤빼뚤 걸어가 돌상에 놓인 반지를 잡던 아들이 생생하게 떠올랐다. 손등에 눈물이 떨어졌다. 나는 아들의 이름을 가만히 불러보았다. 크윽 큭, 울음이 터지자 그 소리는 점점 더 커졌다. 한참 뒤 나는 우는 나를 안아 주었다. 얼마든지 울자, 평생 울자는 다짐도 했다.

다음날 나는 귀금속 가게로 갔다. 아들의 돌 반지와 내 빵틀에서 나온 잉어를 내놓으며 그대로 해달라고 했다. 설마 똑같이 만들라는 건 아니죠? 사장의 말에 나와 사장이 동시에 웃었다. 사장은 새끼손톱만 한 순금 거북을 내놓으며 이 정도 크기면 되겠냐고 했고 나는 고개를 끄덕였다.

자식을 빙자해서 푼돈이라도 등치고 싶었던 준서 부모는 딱하게 되었다. 내가 협박 받는 것을 남편이 알게 되었기 때문이다. 남편이 어떻게 했는지 모르겠지만 그들은 다시 나타나지 않았다. 모르긴 해도 은목걸이 남자는 돈줄로 잡았던 여자의 남편이 하필이면 경찰 간부라 술깨나 마셨을 것이다. 어쩌면 준서나 제 아내를 분풀이 삼아 때렸을지도 몰랐다.

나는 베란다 망원경을 통해 해쓱하고 어두운 준서의 얼굴을 보았다. 애초부터 학원 등록조차 못 해본 아이의 표정은 예전과 같이 심드렁했으며 걸음걸이는 건들거렸다. 예전처럼 농담을 나누고 장난도 치고 싶었다. 나는 보석 가게에 전화를 걸어 황금 잉어를 얼른 만들어달라고 재촉했다.

보름간의 해외 출장을 마치고 돌아온 남편은 표날 정도로 말이 많아졌다. 집에서 밥을 먹는 날도 늘었다. 어느 날 그는 출근하면서 식탁 위에 물건 하나를 슬쩍 올려놓았다. 꼬리를 흔드는 잉어 펜던트 목걸이였다. 나는 손톱만 한 그것을 한참이나 쳐다보았다.

마음의 빗장이 헐거워지고 있던 나는 그것을 목에 걸었고 다음 날 새벽에는 발바닥이 간질간질해서 눈을 떴다. 목걸이에서 풀려나온 잉어가 앙증맞은 입으로 발을 쪼면서 살짝 내 몸 안으로 들어오더니 어느새 다리와 허벅지를 지나 자궁을 거치고 심장으로 거슬러 올랐다. 얼마나 지났을까? 쪼그려 들여다보는 내게 그 물고기는 천진한 미소를 던지면서 핏줄과 창자를 연못 삼아 오래도록 헤엄쳤다. 건강하게 숨을 쉬고 있는 아가미와 물결에 아른거리는 지느러미, 살랑살랑 흔드는 꼬리까지 모두 황금색으로 빛나는 잉어였다.

리유화는 모른다

"앗, 예쁜 할머니, 안녕하세에요오."

먼저 내려간 은별의 목소리가 2층 현관문을 닫는 리유화에게도 들린다. 밖으로 나오니 빌라 건물주인 사장 내외가 반긴다.

"은별 엄마, 정말 친정 가는 거야?"

쪼르르 자랑을 늘어놓았나 보다. 유화는 은별을 가볍게 흘기며 사모님에게 말한다.

"며칠 남았습네다. 애기 봐 주는 댁이 해외여행을 간다고, 가외 시간이 났습네다. 다행히 맞춤한 항공권도 있어서리."

"아이구, 잘됐네. 결혼하고 첫걸음 아닌가? 우리 은별이 좋겠다. 엄마, 아빠 손잡고 비행기 타겠네."

"예쁜 할머니. 아빠는 안 가요. 엄마, 맞지?"

유화는 은별을 잡아당기며 의아한 표정을 짓는 내외분에

게 말한다.

"일없습니다. 보내주는 것만 해도 감사합네다."

"직장에 매인 사람도 아닌데, 이럴 때 같이 다녀오지."

"예쁜 할머니, 우리 아빠는요, 겁이 나서 비행기 못 타요. 쉿, 비밀이에요."

은별이 입을 비죽이며 어른같이 고개를 절레절레 흔든다.

"아이고, 귀여워. 이런 보물이 어디서 왔담? 참, 우리 집에 들러. 햄 세트 같은 게 제법 있어. 믹스커피도 연변에서는 인기라지?"

"어허, 이 사람. 받은 걸 어떻게, 사서 드려야지."

풍채 좋은 사장 말을 사모가 받는다.

"뭐 어때요? 나눠 쓰면 좋지. 은별 엄마, 괜찮지?"

"아닙니다, 사모님. 일없습네다. 그저 고맙습네다."

유화는 감사의 표시로 고개를 깊숙이 숙인다. 몇 걸음 걸어가던 사모가 고개 돌려 은별에게 손을 흔들고 유화는 다시 허리를 굽혀 절한다.

버스에서 내리자 멀리 '다문화가족지원센터'가 보인다. 오이, 가지, 방울토마토가 가득한 시장바구니를 든 유화는 걸음이 처지는 은별을 기다렸다가 센터 문을 연다. 매주 일요일 세 시간씩 하는 한국어 수업을 돕기 위해서다. 베트남 아줌마 짜미와 러시아 아가씨 올가가 은별을 안는 걸 보며 유화는 세미나실로 들어간다. 현직교사 김 선생이 손을 흔들며 반긴다. 자신은 무료봉사하면서 보조교사 유화에게는 수고비를 지급하도록 책임자에게 건의한 오십 대 여성이다.

"어서 와. 유화 씨."

"선생님은 못 당하겠습네다. 오늘은 일찍 온다고 서둘렀는데 말입니다. 준비가 많으십네다. 제가 도우겠습네다."

"오늘 단원이 상당히 까다로워. 우리말 단위가 좀 복잡한가 말이야."

유화는 김 선생을 따라 카드를 만든다. 사물의 단위를 공부하는 것으로 '사과'는 '한 개', '달걀'은 '한 판', '버스'는 '두 대'와 연결하는 카드다. 호기심 많은 킴완이나 엘레나의 질문을 알아들을 수 있을지 모르겠지만 유화에게도 요긴하게 쓰일 것 같다. 언어로 고생하는 그들을 볼 때마다 유화는 조선족으로 태어나 다행이다 싶었다. 센터 사람들 이야기를 들어보면 언어뿐 아니라 실생활도 유화가 나은 편이었다. 물론 겉으로 볼 때 그렇다는 말이다.

"지난주에 엘레나와 시장 갔어?"

"예. 다행히 옷가게 주인이 환불해 주었습네다."

"그 집 남편도 참…… 말 안 통하는 거 빤히 알면서 저는 쏙 빠지고 말이야. 참, 유화 씨, 이거."

김 선생이 하얀 봉투를 건네자 당황한 유화가 자리에서 일어나며 손사래를 친다.

"일없습네다. 준비 다 했습니다. 그리고 저 돈 많습네다."

"이럴 땐 그냥 마음으로 받는 거야. 내가 친정 가는 것처럼 기분 좋아 그래. 다음번엔 센터 사람들과 함께 가자고. 아니면 내 지인들로 한 팀 짤게. 유화 씨가 자랑하던 곳들, 나도 보고 싶어. 연변대학교 궁금하고 윤동주, 송몽규 무덤에도 가고 싶어. 그때 가이드 해 줄 거지?"

"그런 날만 오라 하십시오. 두말할 것 없습네다."

김 선생의 말을 들으며 유화의 마음은 벌써 연변을 거쳐 용정까지 날아가고 있다. 옥수수밭이며 과수원이 무한대로 펼쳐지는 고향 산천이 눈앞에 그려진다. 사진을 하도 많이 봐서 그런지 어머니와 동생들이 차린 식당도 손에 잡힐 듯하다. 그리고 늘 마음 복판을 차지하고 있는 공연산.

6년 전 유화는 K읍 외곽의 한 음식점에서 일했다. 대개의 조선족이 그러하듯, 관광비자를 받아 한국에 들어와 그곳까지 흘러들게 되었다. 연변의 취업알선업체에서는 서울에서도 출판사에 취직할 수 있고 월급은 열 배쯤 된다고 말했다. 전부 믿었던 건 아니었지만 현실은 연변에서 듣던 이야기와 완전히 달랐다. 가진 돈마저 취업 수수료로 거의 털려

살길이 막연했지만 돌아갈 수는 없었다. 다행히, 실직자가 넘치니 어쩌니 해도, 한국은 부지런히 몸을 놀리고 아껴 쓰면 큰돈을 만질 수 있는 곳이었다. 삶은 선택이고 개척하기 나름이라고 믿으며 유화는 학벌 표식부터 가차 없이 버렸다. 공업 도시와 관광 도시 사이에 있는 유화의 일터는 주중에도 손님이 많았다. 주메뉴는 오리고기와 민물매운탕인데 안채는 물론 마당에 방갈로가 죽 늘어서 있어 서빙하기가 여간 힘든 게 아니었다. 낮 손님들은 거의 방갈로를 찾았는데 보기에 민망스럽기도 했다. 그들은 전채 요리라도 되듯 상대에게 입맛을 다셨고 후식 코스처럼 서로 엉겨 붙었다. 유화는 타락한 자본주의의 현주소를 보는 것 같으면서도 그들의 마음이 이해되기도 했다. 세상의 사랑은 너무도 많은 빛깔을 가지고 있다는 걸 알기 때문이다.

  열렬한 교인인 사장 부부를 따라 일요일이면 유화도 교회에 나갔다. 신도 수가 스무 남짓 되는 개척교회였다. 교회에서 보는 사장 부부는 하느님의 온화한 양이었고 신자들의 어려움을 긁어주는 말씀의 전도사였다. 유화더러 방갈로에 자게 하면서 숙박비를 꼬박꼬박 제하고 그 월급마저 제때 주지 않은 모습과 너무나 달랐다. 차림표 아래에 붙여놓은, 반찬을 재활용하지 않습니다, 재료는 모두 신선한 국산입니다, 라는 구절도 떠올랐다. 한국이라는 곳은 6

일 동안 남을 속이다가 7일째 면죄부를 받는, 편리하고 신기한 나라였다. 그래도 그 교회에서 좋은 사람들을 만났다. 어느 할머니 부탁으로 한족 며느리 말을 통역해 주면서부터였는데 그 할머니 단짝이 정은호 선생 어머니였다. 옷차림이 단아하고 인정 넘치는 분이었다.

노인은 며느리에 손자까지 있는 단짝 친구를 부러워했다. 말이 부드럽고 행동이 조신한 유화를 하염없이 바라보는 시간도 늘어났다. 집에 혼자 있을 때도 유화 모습이 어른거리자 노인은 아들을 앞세워 가든을 자주 찾았다. 어느 날 노인은 유화의 손을 붙잡았고 그 후 만날 때마다 고정 레퍼토리를 읊었다. 딸 넷 낳고 본 귀한 아들인데 나 때문에 혼기를 놓쳤다, 저렇게 두면 내가 저승에서 조상 볼 면목이 없다, 교통사고로 팔 하나를 잃었지만 좋은 대학 나와서 오랫동안 교편 잡았다, 가진 전답만 하더라고 평생 돈 걱정 안 해도 된다, 나도 그렇지만 누나들 다 얌전하니 시집살이시킬 사람 없다, 보다시피 인물 좋고 자상하기 이를 데 없다…… 노인은 유화에게 며느리가 되어달라는 청을 간곡하게 했다. 하지만 부끄러워 나서지 못할 뿐이라던 그 아들은 유화를 친절 이상으로 대하지 않았다. 눈빛이 깊고 서늘한데다가 어머니를 수발하는 모습이 진실해 보였으나 유화의 마음도 딱 거기까지였다. 노인이 하는 간절한 말이라 듣는 시늉만 할 뿐이었다.

공연산을 다시 만난 건 그런 즈음이었다. 별일이다, 유화를 찾는 사람이 다 있다며 사장이 전화를 바꿔 주었다. 그 순간 유화는 정은호 선생을 잠시 떠올렸다.

"나요."

유화는 쥐고 있던 행주를 놓치고 자신의 입을 틀어막았다. 머릿속이 텅 비고 몸이 얼어붙는 것 같았다. 어느 모퉁이에서 기다리고 있겠지, 문득 전화하겠지…… 걸핏하면 떠올렸던 그림인데 정작 닥치니 바보같이 눈물부터 났다. 절절했던 그리움도 입술을 깨물었던 오기도 어디론가 사라져 버렸다. 게다가 3시간 뒤에는 1번 방갈로에서 공과 마주 앉게 되었다. 아무리 충격적인 일이라도 금방 적응하는 게 사람인가, 유화도 꽤 차분해졌다. 2년 만에 만난 공은 몸이 조금 붇고 새치가 더러 올라왔을 뿐 예전 모습 그대로였다.

"표정 좀 풀어요. 무서워."

공은 며칠 전에 헤어진 사람처럼 장난스럽게 말했다. 화내고 따질 걸 무위로 바꾸는 것도 능력이라면 공은 자연스럽게 그 능력을 발휘하는 사람이었다. 유화는 눈을 내리깐 채 아무 말도 하지 않았지만, 마음은 이미 무장해제였다.

"나도 출판사를 그만두었어요. 당신이 떠난 자리를 지켜보는 게 힘들기도 했지만 월급만으로 살아가기도 쉽지 않앉어. 연변 물가가 나날이 얼마나 뛰는지 당신도 놀랄 거요. 애들 공부시키기도 점점 힘들어져. 중학생들도 휴대전화도 예사로 가지고 있다고. 한국에서 일하는 부모가 보내주는 돈을 마구 쓰는 친구가 많으니까 그 영향을 받더라고. 한국 드라마와 가수들이 애들 다 버려놓는 거 같아. 참, 내 이렇소. 유화 씨에게 이런 얘기나 하고 있고……"

공이 머리를 긁적이며 문득 입을 닫는다. 정적이 힘든 유화가 괜찮으니 계속하라고 말한다. 어떤 형태로든 상대의 말을 끄집어내는 것도 공이 가진 재능일지 모른다. 그걸 진실이라고 느끼는 유화가 어리석을지 모르겠지만 어쩔 수 없다.

"가이드로 전업했어. 일한 지 1년, 그럭저럭 할 만해요."

"예? 준비하던 책은 어쩌고?"

박사 출신 현역 시인이 가이드라니, 유화가 자신도 모르게 눈을 동그랗게 뜨고 반문했다. 3년 전 공은 틈틈이 두만강 주변 마을을 다니며 역사와 민담을 채집했다. 길림성 민간문예가협회 부주석 겸 연변민간문예가협회 주석의 성원을 받아 야심차게 계획한 일이었다. 사라지고 포섭되어가는 조선족의 전통문화와 풍속을 발굴, 보호하는 사업으로 공은 소명감에 부풀어 있었다. 같은 일꾼이라는 명목으로 공의 낡은 자동차에 몸을 싣고 이 마을 저 마을을 같이 다닐 때 유화는 얼마나 행복했던가? 출판사에서 녹음기를 앞에 두고 마을 노인들이 구술한 내용을 받아 적을 때, 공이 끓인 커피를 마실 때 얼마나 달콤했던가? 유화는 공이 그 모든 추억을 앗아간 장본인이라도 되는 듯 날카롭게 쏘아보았다.

"유화 씨가 떠나자 의욕도 사라졌지. 그런데 어느 순간 유화 씨를 생각해서라도 그 책은 꼭 출판해야겠다고 결심했어요. 가이드는 프리랜서 직업이니 마음만 먹으면 취재하고 원고 쓰기에도 좋아. 그런데 이번에 회사에서 처음으로 포상 휴가를 받았지 뭐요. 지난여름에 백두산 팀 많이 받았다고 말이요. 유화 씨 만나려고 그랬는지 주로 북한으로 가던 여행지도 이번엔 한국으로 오게 되었고. 유화 씨에게 보여주고 싶어 내, 부랴부랴 초고를 만들었어."

"여긴 어떻게 아시고?"

"지구 끝까지 가 봐요. 내가 모르나. ……그나저나 여기 일은 언제 마치오? 지금 나갈 순 없어요?"

공이 몸을 반쯤 일으키며 탁자 위에 놓인 유화의 손을 덥석 잡았다. 돌아갈 곳이 있는 사람, 끝까지 갈 수 없는 사랑이라는 걸 알면서도 유화는 손을 빼지 못했다. 3년 전에 끊어졌던 사랑이 이어지는 순간이었다. 그때는 다섯 달, 이번엔 닷새 동안이었다. 공이 이틀 동안 읍내 여관에서 지냈고 유화는 사흘 결근을 감수하고 공과 함께 신라 유적지와 조선 궁궐을 구경했다. KTX를 처음 타봤고 고급스러운 호텔에서 잠을 잤다. 따져보면 유화로서도 처음 하는 한국 관광이었다. 지난 2년 동안 집에 부치는 돈이 유일한 보람이었을 뿐 황량하고 쓸쓸하게 살았다.

유화가 정 선생에게 만나자는 청을 넣은 건 그로부터 두 달 후였다. 마땅한 장소가 떠오르지 않아 교회에서 만나자고 했다. 좁은 마당에 간신히 들어앉은 벤치 앞에서 유화는 목례를 했다. 병원 뒷바라지가 힘든 모양인지 정 선생은 낯빛이 까칠하고 등이 구부정했다. 유화가 용건을 입속에서 공그르고 있는데 정 선생이 먼저 침묵을 깼다.

"얼굴이 많이 상했네요. 어디 아팠어요?"

"일없습네다. 로인께서는 좀 어떠십니까?"

"지난번 병문안 고마웠어요. 유화 씨 다녀가자 우리 어머니, 며칠 기분이 좋으셨어요."

"과분합니다. 제게 너무 잘해주셨는데 인사도 못 하고 떠나게 됐습니다. 우리 사장님이 로인께서 상심한다며 병원엔 가지 마라 했습니다. 그래도 그냥 떠나는 건 도리가 아니다 싶어 선생님을 청했습니다. 이거, 보잘것없지만 로인께 전해 주십시오. 선생님도 안녕히 계십시오."

유화는 엉겁결에 물건을 받아드는 상대에게 다시 목례를

했다. 정 선생은 인사를 받는 둥 마는 둥 어리벙벙하게 서 있었다. 노인과 정 선생에게 좋은 인상을 남기고 싶었던 유화는 몸을 돌려 재빠르게 걸음을 옮겼다.

며칠 뒤 종업원들이 마련해준 환송식까지 마치고 유화는 짐을 마저 챙겼다. 연변에서 가지고 온 책 몇 권과 한국에서 산 옷가지와 화장품을 모아 넣으니 캐리어 하나로 족했다. 공이 주고 간 원고와 둘이 찍은 사진은 여권과 함께 별도의 가방에 넣었다.

곧 사장 내외가 교회에서 돌아올 시각인데 누군가 문을 연신 두드렸다. 오후부터 영업한다는 입간판을 보지 못한 모양이었다. 영업 전이라고 말하기 위해 유화가 문을 빼꼼 열었는데 뜻밖에도 거기, 정 선생이 서 있었다.

종이컵에 내온 커피를 물끄러미 바라보던 정 선생이 얼굴을 들었다. 하도 정색하고 쳐다보는 바람에 유화가 민망할 정도였다.

"단도직입적으로 묻겠소. 왜 떠나려는 거요?"

"……친구가 같이 일하자 해서리……"

"거짓말인 거 표나요. 다시 물을게요. 임신한 거 맞소?"

사장 내외가 말했을까? 유화는 흠칫 놀라며 정 선생을 바라보았다. 노인에게만은 들키고 싶지 않아 일찍 떠나는 것이기도 했다. 모든 걸 꿰뚫어 보는 듯한 정 선생의 눈빛에 유화는 다른 핑계를 댈 수 없었다.

"예. 맞습네다."

"애 아빠는 알고 있소? 그 사람에게 가는 거요?"

유화는 순간 어떻게 말해야 할지 난감했다. 그렇다 하고 떠나면 그뿐이지만 뭔지 모를 위엄에 기가 죽었다. 유화는 마른침을 삼키며 아니라고 말했다.

"누군지, 나에게 말해줄 수 있소?"

유화의 얼굴이 확 달아올랐다. 이렇게 거리를 좁혀오며 다그치는 이유가 무엇인지, 질책이라면 번지수를 잘못 짚은 것이고 호기심이라면 실망스러운 일이었다. 유화는 자신을 까발리고 싶은 오기가 발동했다.

"서로 연정을 품고 있는 연변 분입네다."

"사장님께 들었어요. 가이드가 직업이라던?"

"책을 쓰십니다. 시인이고요."

유화가 발끈하며 말을 받자 정 선생이 얼굴을 뒤로 젖히며 빙그레 웃었다.

"앞으로 어쩔 생각이오? 고향으로는 안 간다면서요."

"도와주는 센터가 있다고 들었습니다. 그쪽으로 가서 몸을 풀고 키워야지요. 부지런히 일하면……"

"예. 유화 씨는 잘 할 겁니다. 씩씩하고 영리하니까요."

"고맙습니다. 꼭 그럴 겁니다."

"……유화 씨! 단도직입적으로 말할게요. 저와 결혼하는 건 어떻습니까?"

"예?"

"태어날 아이를 생각해봐요. 먹이고 입히기야 한다지만 호적은 어쩔 거요. 아프면 병원에 데리고 가야 하고, 학교는 안 보낼 거요? ……그렇소. 나는 남녀 간 결혼에 관심 없어요. 유화 씨는 물론 어떤 여자도 사랑하지 않고…… 사랑할 수도 없어요. ……후우, 맞아요. 유화 씨 약점 잡고 우리 어머니 소원 들어주려고 이러는 거요. 우리 어머니, 의사 말이 길어도 1년이래요. 평생 나 하나 보고 살아오시다가 이제 죽음의 문턱까지 왔어요. 이대로 가 버리시면 내가 평생 회한 속에 살 거 같소."

"저기, 정 선생님."

"많이 생각하고 찾아온 거요. 말 끊지 말고 괜찮은 거래인지 아닌지만 생각해 줘요. 그것도 아니라면 그냥 취직했다고 여겨도 좋아요. 월급 나오고 퇴직금도 있는 그런 곳에 말이요. ……이상하게 들릴지 모르지만 유화 씨와 그 남자가 서로 무척 사랑하는 거 같아 마음이 놓이오. 축복으로 생긴 존재 ……귀한 생명이잖소."

은별의 유치원 친구 영나의 집에서 돌아온 유화는 노트

북부터 연다. 중학교 교사인 영나 엄마가 퇴근할 때까지 유화는 영나 집을 돌본다. 유치원 차에서 같이 내린 아이 둘이 어울려 노는 동안 유화는 청소하고, 찬거리 다듬고, 저녁밥을 안친다. 은별이를 보면서 할 수 있는 최상의 조건에서 일하는 셈이다. 은별이 유치원에 가 있는 동안 남의 집 청소를 하러 다니기도 한다. 모두 4층 사모가 소개해 준 일자리다.

드디어 기다리던 메일이 와 있다. 보낸 지 사흘 만의 답장이다. 유화는 가슴에 손을 얹은 채로 메일을 천천히 클릭한다. 공은 이게 얼마 만이냐, 그동안 어떻게 지냈느냐로 말문을 열고 있다. 왜 그렇게 소식을 끊었냐고 서운함을 표시하더니 결혼 소식을 들었다며 축하한다고 한다. 연길에 온다니 공항으로 달려가야 마땅한데 긴요한 출장이 있어 시간을 맞추지 못해 미안하다고도 한다. 대신 휴대폰 번호가 그대로냐고 물으며 자신의 번호를 남겨두었다. 글은 유화를 그리워하고 있는 것 같기도 하고 옛 여인에 대한 최소한의 의례로 비치기도 한다. 유화는 여전히 쿵덕거리는 마음으로 글을 읽고 또 읽다가 문득 나타난 구릿빛 얼굴을 보고 엉겁결에 메일을 닫는다.

"뭘 그리 놀래요. 사람 온 줄도 모르고."

유화는 일어서면서 은별이 애니메이션을 보고 있는 거실

을 일별한다.

"저기, 선생님. 이번에 연길 가면 그 사람을 보고 올까 합니다. 전에 받았던 명함으로 메일을 띄웠더니 요행 연결이 됐습니다."

"잘 생각했어요. ······은별이 얘기는?"

"아직······ 안 했습니다."

"많이 놀라시겠군. ······어떤 일이 생기더라도 나는 괜찮으니 부담 갖지 말아요."

"일없습네다."

"짐은? 며칠 동안 꾸렸다 풀었다 하더니만. 은별이 악어 베개는 가져가야 할거요. 그거 없으면 잠 못자니까. 비상약도 넉넉히 챙기고요."

"4층 사모님이 선물을 많이 주셔서 말입니다. 용량 초과할까 봐 알맹이만 담는다고 수선 좀 부렸습네다."

"같이 못 가서 미안해요."

"당치 않습니다. 친정 식구들 배려하시는 거 다 압니다. 저는 참말로 일없는데 선생님이 열없게 생각하시니 강제치 못했습니다. ······잘 다녀오겠습니다."

8년 만에 다시 찾은 국제공항은 여전히 넓고 복잡하다. 유화는 큰 가방을 올린 캐리어를 밀고 다른 손으로는 은별을 붙든 채 티켓을 받은 다음 짐을 부친다. 무게가 많이 나갈까 봐 마음이 조마조마했는데 오히려 1kg정도 여유가 있다. 마지막으로 뺀 비누와 치약 세트가 눈앞에 어른거린다. 보딩을 마친 유화는 가방을 고쳐 매며 출국 심사장 안으로 들어선다. 심사관이 심드렁한 표정으로 유화와 은별의 아래위를 훑어본다. 대한민국 발행 여권을 보이며 유화는 문득 조선족이라는 게 표시 날까 생각한다. 면세점에 들어서자 은별의 눈은 더욱 휘둥그레진다. 유화는 넋을 빼고 각양각색의 과자와 초콜릿을 구경하는 은별을 재촉하며 걷는다. 해당 게이트가 저만치 보일 즈음 유화는 가방 매장 앞에서 지칫거리다가 남성용 지갑을 찾는다. 점원이 보여주는 물건들을 요리조리 살핀 후 녹색이 배합된 검은색 반지갑을 선택한다. 가격을 듣는 순간 움찔 놀랐으나 유화는 망설이지 않고 돈을 치른다.

 지정 게이트 앞쪽 의자에 은별과 나란히 앉는다. 한국 관광객이 반쯤 되고 나머지는 조선족으로 보인다. 저런 관광객을 이끌고 백두산으로 심양으로 다녔을 공이 떠오른다. 5년 전에는 유머와 말발로 인기 있다는 말이 자조적으로 들렸지만 호기심 많고 다니는 걸 좋아하니 가이드가 맞을 것 같기도 하다. 유화는 은별의 머리를 쓰다듬으며 공과 만나는 장면을 그려본다. 단숨에 은별이를 알아보겠지, 붙들고 울기라도 하면 은별이가 이상하게 생각할 텐데…… 상상은 상상대로 흐르고 유화의 귀는 자신도 모르게 조선족의 대화에 열려 있다. 50대 남자는 간병인으로, 그보다 젊은 축은 가구점에서 일한 모양인데 덧정 없다면서도 몇 달 후에 다시 한국으로 오겠다고 말한다. 연길이나 용정에서는 할 일도 없을뿐더러 가족도 함께 지내기보다 멀리서 보내 주는 돈을 더 좋아한다는 것이다. 대화는 누구 집은 이혼을 했니 어느 집 아이는 부랑아가 되었다느니 이어지고 있다. 듣는 자체만으로도 마음이 씁쓸해진다. 유화는 그들을 힐끔거리며 은별을 일으켜 세운다. 상관없고 알아들을 수 없는 이야기라 할지라도 은별은 듣게 하고 싶지 않다.

드디어 연길 공항이다. 그동안의 망설임과 그리움에 비하면 허무할 정도로 짧은 거리 밖이라 정말 연길인지 의심스러울 정도다. 비행기에서 내리면서도 믿어지지 않던 기분은 궁서체 한글과 한자가 병기된 입간판들을 보자 설렘으로 바뀐다. 유화는 가슴께에 종이를 들고 입국자들을 기다리는 사람들을 훑어본다. 혹시나 했지만 아무도 보이지 않았다. 유화는 무거운 캐리어를 끌고 인파를 헤치며 밖으로 나온다. 엄마, 무서워. 은별이 바짝 붙은 채 소곤거린다. 높은 건물과 아파트, 다닥다닥 붙은 상점들에 눈이 휘둥그레져 있던 유화는 퍼뜩 정신을 차리고 풍경을 다시 노려본다. 유화를 아이에서 소녀로, 소녀에서 여인으로 키운 연길은 각종 광고판 너머로 사라지고 한국의 대도시처럼 차량이 무서운 속도로 질주하고 있다.

간신히 찾은 터미널에서 용정행 버스에 몸을 싣는다. 길을 걸으며, 은별의 투정을 들으며, 짐을 실으며 기진맥진하면서도 기분은 점점 고조된다. 창밖으로 보이는 풍경이 예전과 똑같았다. 그리움이 흐르고 넘쳐 꿈에서도 나타났던 옥수수밭이 끝없이 펼쳐져 있다. 드물게 보이는 붉은 벽돌집과 웃통을 벗은 채 가게 앞에 나앉아 있는 사람들도 여전하다. 해란강, 용문교를 지나자 감정은 더욱 벅차오르고 대성중학교가 보일 때는 끝내 눈물이 흐른다.

"은별아, 저기 봐. 저 흰 건물이 엄마가 다녔던 학교야. 유명한 시인이 다녔던 곳인데 해마다 열리는 시 낭송대회에서 엄마가 두 번이나 대상을 받았어. 어, 저 나무들 아직도 그대로네. 저기서 나도 날마다 동무들과 놀았지. 저 다리, 아빠와 참 많이 거닐었는데……"

"아빠? 아빠도 왔었어?"

이런, 유화가 번뜩 정신을 차린다. 마른 목으로 침이 꼴깍 넘어간다.

"엄, 엄마의 아빠 말이야. 아빠가 은별이 데리고 산책하듯이 엄마 어릴 때도 그랬다고."

"으응, 엄마도 나일 때가 있구나."

은별이가 고개까지 끄덕이며 수긍한다. 유화는 마음을 쓸어내리며 버스에서 내릴 준비를 한다.

연길에서 기별을 넣었는데도 터미널에 아무도 없다. 슬그머니 부아가 나는 유화는 은별과 캐리어를 단속하며 휴대폰을 연다. 한참 만에 연결된 통화음 밖이 떠들썩하다. 도착했다는 말을 간신히 하고 폰을 끊는데 어쩐지 느낌이 싸하다. 잠시 뒤 자동차 한 대가 먼지를 일으키며 달려와 선다. 오빠의 일가족 4명이다. 요릿집에서 후배 아이의 돌잔치가 있었다고 한다. 뒷좌석에 짜부라져 집으로 가는 동안 유화는 이상한 나락으로 빠져드는 불안감에 몸을 떨어야 했다. 아니나 다를까, 현실은 유화의 상상과 전혀 달랐다. 그동안 폰으로 들은 내용은 어그러지고 빗나가 있었다. 유화가 부쳐준 돈으로 대성중학교 앞에 식당을 얻긴 했지만 몇 달 지나지 않아 그만두고 말았다. 그럭저럭 손님은 들었으나 온몸이 아파서 계속할 수 없었다고, 그새 더 젊어진 어머니가 말했다. 매달 유화로부터 꼬박꼬박 돈이 오는데 구태여 일을 하고 싶지 않았던 것이다. 오빠는 자동차를 샀고 여동생과 조카는 아파트로 이사했다. 모두 유화라는 마르지 않는 샘이 있기에 가능한 일이었다. 유화가 남의 집을 청소하고 남의 옷을 빨면서 번 돈이 용정에서 무위

리유화는 모른다

도식으로 술술 빠져나가고 있었다. 꿈에도 생각지 못한 일이었다. 그런 식구들을 위해 유화는 무거운 전기밥솥을, 질 좋은 프라이팬을, 자신은 입어보지 못한 고급 브랜드 옷을, 의료용 마사지기를, 인삼을, 약을, 커피를 사고 또 샀다. 금의환향이라고 들떠서 여기까지 온 것이다! 인천공항에서 들었던 조선족의 대화를 남의 일로만 여겼다. 심지어 우쭐한 마음이 되어 그들을 불쌍하게 여기지 않았던가. 유화는 자신을 지탱해온 하나의 세계가 무너지는 걸 지켜보며 입술을 깨물어야 했다.

잘 다려진 와이셔츠가 먼저 눈에 들어온다. 햇빛을 받아 희다 못해 푸른빛이 도는 것 같다. 유화는 저만치서 걸어오고 있는 공을 유심히 살핀다. 깔끔함으로 나이를 막았는지 한국에서 볼 때보다 젊고 활기차 보여 다른 사람처럼 보인다. 과장되게 악수를 청하는 모습도 바짝 넘긴 머리카락만큼이나 낯설다.
"유화 씨, 귀한 손님을 여기까지 오게 하고 이거 참……"
"아니에요. 학교 한번 보고 싶었어요. 건물은 많아졌는데 이 덩굴식물 터널과 동상은 그대로 있군요."
떨리는 마음으로 손을 잡았던, 첫 키스도 나누었던 장소다. 유화는 추억에 잠기듯 그윽한 눈으로 주위를 둘러본다.

"나, 여기 출판사에 다시 자리 잡았소. 사범대학 쪽으로 강의도 하고."

"어머, 축하해요. 그래서 여기서 만나자고 하셨군요."

"그 누구보다 유화 씨가 알아주었으면 했어. 그때 실망하는 것 같았거든."

"아, 들켰었나요?"

"작가협회 일도 보고 있고 올해 연변민간문예가협회 부주석을 맡게 되었어. 참, 예전에 유화 씨에게 보였던 그 책도 출판했어. 벌써 3년이나 지났네."

유화는 가방 안에 있는 원고를 떠올린다. 맞은편 벤치에 앉은 공에게 느끼는 거리감의 실체가 짐작된다. 공은 지금 정인이 아니라 손님으로 유화를 만나고 있는 것이다. 저도 모르게 높고 새된 목소리가 유화의 입에서 튀어나온다. 친정에서 받은 스트레스와 은별까지 맡기고 나온 자신의 허영까지 겹쳐 벌컥 화가 난다.

"3년이요? 그 책이 어떤 책인데요. 저도 알았어야 하는 거 아닌가요? 리유화, 그럴 만한 자격 있지 않나요? 어디 사는지 몰랐다고요? 지구 끝까지 가도 어디에 있는지 안다면서요."

"유, 유화 씨."

공의 놀란 얼굴에 서서히 미소가 퍼지더니 예전의 천진

한 모습으로 돌아간다. 사람의 성향은 세월이 아무리 흘러도 좀처럼 바뀌지 않는다. 이쪽이 감정을 보이는 만큼 성큼성큼 다가서는 사람. 어느 순간 문득 돌아서 제자리로 가버리는 걸 알면서도 손을 내밀게 되는 사람.

"그래요, 그래. 내가 잘못했소. ……결혼하고 아이까지 낳아서 잘 산다는 말을 들었어. 우리의 인연은 끝이라고 생각했어. 그보다도 유화 씨 행복을 망쳐서는 안 된다고……아, 그래도 그러는 게 아니었어. 지금 들어가서 책 가지고 나올게. 안 믿어도 그만이지만, 가장 먼저 유화 씨 이름 적어 서랍 깊숙이 넣어두었어. 아니, 우리 이럴 게 아니라 어디든 갑시다. ……잠깐만 기다려요. 퇴근 준비해서 나올게."

벌떡 일어난 공이 끼어들 새도 없이 허둥지둥 뛰어간다. 혼자 남은 유화는 멀리 학생들이 빠져나가고 있는 후문을 바라본다. 한쪽 머리는 미련 떨지 말고 지금 그쪽으로 가라고 하지만 결코 그럴 수 없을 거라는 건 유화 스스로 알고 있다.

정문을 빠져나온 차가 계속 달린다. 공이 두어 차례 조수석으로 고개를 돌리며 가고 싶은 곳을 말하라고 한다. 유화가 가장 그리웠던 곳은 윤동주 시인의 묘지였다. 큰길에서 삼십여 분 옥수수밭 샛길을 올라야 하는 그 길을 공과 자주 걸었다. 거기서는 남의 시선을 의식하지 않아도 좋았다. 너른 벌판과 먼 산이 보이는 시인의 묘지 옆에 서 있는 버드나무 한 그루, 그 그늘에서 윤동주 시인의 시와 공의 시를 번갈아 암송하곤 했다.

"이도백하, 어떻소?"

유화의 상념을 깨며 공이 말한다.

"예전부터 장백산 가보고 싶다고 했잖아. 가이드하면서 장백산, 아니 백두산 오를 때마다 유화 씨에게 꼭 한번 보여주고 싶었어. ……한국 사람들은 너나없이 백두산에 특별한 의미를 부여하더라고. 모처럼의 귀향인데 번듯한 추억 하나 남겨야지. 한국 가서도 백두산 보고 왔다면 부러워할 거요."

그러긴 했다. 센터에 있는 분들, 이웃분들, 정 선생도 그곳만큼은 가보고 싶다고 했다.

"지금이요? 멀지 않아요?"

"예전과 달리 길이 잘 뚫렸어요. 이대로 가면 세 시간이면 될걸. 이도백하에서 자고 내일 아침 일찍 북파 산문으로 갑시다. 천지 보고 내려와서 장백폭포, 소천지, 녹연당으로 죽 돌면 돼요. 어때요? 운전대 잡은 사람 마음대로 합니다."

공은 너스레를 떨며 주행 속도를 높인다. 유화는 오늘 공을 만나 운을 띄우고 내일은 은별이와 함께 만나려고 했다.

혼사 촬영관 같은 데서 사진 찍고 어디 호젓한 곳에서 셋만의 시간을 보내고 싶었다. 그런데 백두산이라니, 어째야 좋을지 망설여진다. 밤에 차근차근 이야기를 하고 내일 공과 함께 용정에 들러 은별이를 보게 한다? 모레는 떠나야 하는데 시간이 너무 짧지 않을까? 이제야 만나게 하냐고 원망하면 어쩌지? 유화의 머릿속이 복잡해진다.

"아, 걱정 마요. 나는 다음 달에 출판되는 책 저자를 만나는 것으로 하면 돼요. 이도백하에 사는 분이거든. 물론 안 만나도 상관없어. 유화 씨는? 친정에 전화하면 되지 않나? 모처럼 동창들을 만났다고 해요. 출판사 직원들이 놓아주지 않는다 하든지……"

"저기, 차 좀 잠깐 세워 봐요. 할 이야기가 있어요."

빗나가는 공의 말을 자르며 유화가 말한다. 다급하게 차를 세웠으나 무슨 말을 어떻게 해야 좋을지 모르겠다. 한참을 망설이던 유화는 가방에서 사진을 꺼내 공의 무릎에 놓는다. 공이 의아한 표정으로 사진을 흘깃 본다.

"딸?"

"은별이에요."

"귀엽네요. 이름도 예쁘고."

"닮은 거 같아요?"

"뭐, 꼭 꼬집긴 뭐해도 이마와 눈은 유화 씨 쪽인 거 같고.

에이, 잘 모르겠어요. 남편분 얼굴을 모르니…… 그런데 유화 씨, 딸 얘기는 조금 미루면 안 돼요? 몇 년 만에 만났는데 우리 둘만 생각하자고요."

"……같이 만났으면 했어요."

"딸 자랑 하고 싶은데 내가 기회를 안 주었구나. 그래요. 만나는 게 뭐 힘들어요? 내일이라도 보면 되지. 그런데 유화 씨, 지금은 우리만의 시간이잖아. 헛되이 보내기엔 너무 아까워. 유화 씬 안 그래?"

사진을 건네는 공의 얼굴이 새초롬하다. 유화는 사진 속의 은별을 한참 동안 바라본다. 짙은 눈썹과 쌍꺼풀 없는 반달눈이 공을 그대로 빼다 닮았다. 유화는 공에게 사진을 다시 디밀려다가 손을 거두어들인다.

잠시의 침묵이 흐른 뒤 공은 차를 움직인다. 점점 속도를 높이는 한편 유화를 곁눈질하며 우스갯소리와 옛 추억을 끌어댄다. 하지만 유화는 앉은 자리가 점점 불편해질 뿐이다. 머리가 멍해지고 속이 메슥거린다. 심장이 조여들고 헛구역질이 올라온다.

"차, 세워욧. 얼른."

급하고 날카로운 말에 공이 의아한 눈길을 보낸다. 차가 완전히 멈추기도 전에 유화가 문을 박차고 밖으로 나온다. 지나가던 바람이 온몸을 휘감는다. 비틀걸음을 걸어 유화

리유화는 모른다 235

는 옥수수밭 머리에 쪼그려 앉는다.

이제 유화는 친정집 대문 밖에 서 있다. 불빛을 환하게 밝힌 거실 안이 선명하게 보인다. 엄마는 접시를 들고 있고 오빠는 우르르 오가는 아이들에게 무슨 말을 하는 중이다. 은별의 움직임을 좇던 유화의 입꼬리가 올라가다가 이내 제자리로 돌아간다.

어두운 담장 아래에서 지칫거리던 유화는 휴대폰을 꺼낸다. 여러 번 신호 끝에 전화가 연결된다. 여보세요. 상대의 말을 듣는 순간 유화는 기다렸다는 듯 눈물을 쏟는다. 엉겁결에 터져버린 울음은 엉엉, 흑흑, 꺽꺽, 점점 커진다. 전화기 저편에서 은별 엄마를 부르며 뭐라고 하는데 유화는 아무것도 듣지 못한 채 울기만 한다.

해설

안녕, 그리고 안녕

허희(문학평론가)

　안녕은 중의적 인사말이다. 두 글자로 이루어진 짧은 단어에 잘 있으라는 당부와 반갑다는 환영의 메시지가 포개져 있다. 평범한 모순 형용이 아니다. 회자정리 거자필반에 관한 희비극의 진실이 담겨 있다. 강미의 소설 속 인물들은 안녕이라는 두 겹의 사이―떠나보내고 맞아들이는 동시적 몸짓에 오래 머문다. 각 단편은 서로 다른 인물과 배경을 갖지만, 인생의 전환기에 맞닥뜨린 정서를 공유한다. 이를테면 한 발은 어제에, 한 발은 내일에 딛고 서 있을 때만 느낄 수 있는 비틀림의 감각. 그 비틀림이 가부장적 가족 내부의 동화 압력으로, 청년의 생계와 욕망이 충돌하는 실감으로, 상실의 균열과 애도의 과정 등으로 드러난다. 이주와 맞물린 주변화의 고독 같은, 비가시화된 소수자성이라는 동시대적 질감도 짙게 스며 있다.

인물들이 취하는 미세한 거리 두기, 발화와 망설임의 틈을 조명하는 움직임도 궤를 같이 한다.

그러니까 『못 죽』은 사건의 책이라기보다 자세(姿勢)의 책이라고 해야 할 것이다. 반복과 차이의 이미지, 이름 부르기의 정치학, 물과 빛으로 상징되는 시간성이 이와 같은 포지션을 구성한다. 같은 자리에 머물러도 더 이상 예전과 같은 태도를 취하지 않을 수 있음을 "어젯밤의 나와 지금의 나는 다른 사람 같았다"(「섬의 섬」)는 자각으로 드러낸다. 서늘하고 정밀하게 구현되는 현실의 디테일과 인물의 내면을 섬세하게 비추는 문체가 융합할 때, 이야기는 단면적 문제 소설이나 감상적 치유 서사의 범주에서 벗어난다. 대신 관계를 재정립하는 방법에 대한 성찰을 유도한다. 그녀의 소설은 섣부른 회복을 약속하지 않는다. 그러나 재구성의 가능성도 지워버리지 않는다. 완벽하게 치유할 수는 없더라도 상처와 함께 살아내는 언어를 발명하기. 그것은 타인의 시선으로부터 자기 호흡을 찾는 일이자, 누구의 각본에도 자신을 쉽게 내어 주지 않겠다는 결단에 가깝다.

이를 서술하는 강미의 문장은 때로는 서정적 에세이처럼 부드럽고, 때로는 날카로운 르포처럼 선연하다. 청소년 문학과 성인 문학을 오가며 단련한 폭넓은 시야도 빛을 발하면서 인물들은 생동감을 획득한다. 이상의 요소를 포괄하면서, 이

글은 소설집이 품은 세 갈래의 문제의식을 따라간다. 첫 번째 결은 「안녕, 작은 서지영」, 「섬의 섬」, 「리유화는 모른다」에서 찾을 수 있다. 이들 작품은 가족이라는 울타리 안에서 타인의 호명에 의해 규정된 존재가 어떻게 자기 호명을 회수하며 단독적 주체성을 획득하는지를 그려낸다. '작은 ○○'와 같은 명명 방식이 부과하는 위계, 그 이름을 불러봄으로써 발생하는 정서적 진동은 진짜 자아를 찾는 모험의 첫 관문을 형성한다.

두 번째 결은 「송별」, 「매직 아워」, 「환승」에서 발견된다. 이 작품들은 문지방에 서 있는 인물들을 초점화한다. 매직 아워의 순간, 갈아타기의 이행 등을 포착하면서 특정한 경계에서 일어나는 감정과 욕망의 복합적 층위를 탐구한다는 뜻이다. 하늘과 수면의 구분을 없애는 노을-매직 아워의 빛은 인물들의 내면을 물들이고, 갈아타기라는 행위는 익숙한 곳에서 미지의 세계로 옮겨가는 도약을 지시한다. 세 번째 결은 「못죽」과 「황금 잉어」에 담겨 있다. 두 작품은 공고하다고 믿던 세상이 파열할 때 마주하는 국면을 응시한다. 여기에서는 유예와 누적이 전면화된다. 유예는 말해지지 않은 채 잔존하는 느낌과 얽힌 상황을 붙잡고, 누적은 되풀이되는 장면을 통해 인물의 선택과 그로 인한 결과를 개진한다.

세 갈래의 결을 좇되 작품의 여백은 있는 그대로 놓아둔다.

이것은 독자가 사유와 심경을 채워 넣을 수 있는 공간이면서, 캐릭터들이 닿지 못한 잠재성이 머무는 장소이기 때문이다. 그곳을 가능한 한 길게, 활짝 열어둔 채로 독자와 함께 안녕을 되새기고 싶다. 안녕은 이별의 수사에 그치지 않고, 타자와 얽힌 관계망에서 자아를 재배치하는 행위의 이름이니까. 누군가는 가족에게서 한 걸음 물러서야 비로소 자신에게 인사할 수 있고, 누군가는 사랑을 떠나보내야 다가올 앞날의 문턱에 설 수 있다. 그렇게 보면 이 소설집은 헤어짐을 통해서만 닿을 수 있는 만남의 기술을 기록한 연작이기도 하다. 거기에 새겨진 문장들을 더듬어 읽으면서 안녕의 다양한 얼굴을 가늠한다.

틀 밖으로 나가는 여성들

가족은 사랑과 보호의 울타리로 간주되지만, 동일화의 원리가 공고하게 작동하는 억압의 공간이 되기도 한다. 강미는 가족의 부정적 중력에 놓인 여성 인물들이 자신의 목소리와 정체성을 찾기 위해 분투하는 모습을 그린다. 「안녕, 작은 서지영」, 「섬의 섬」, 「리유화는 모른다」가 그러하다. 「안녕, 작은 서지영」에서 서지영은 어머니의 이름이자, 어머니가 딸 아린을 부르는 호칭이기도 하다. "작은 서지영"이라는 호명은 딸을 독립된 개인으로 인정하지 않고, 자신의 축소판으로 소유하고자 하는 욕심을 드러낸다. 작품은 아린이 집을 떠나며 시작된다. 어학연수를 위해 비행기에 오른 그녀가 느끼는 해방감과 불편함이 교차하는 심리가 묘사되는데, 이는 어머니의 그늘에서 벗어나려는 몸부림으로 읽힌다.

아린의 머릿속에는 "당신(어머니)에 대한 기억은 언제나 나의 내부에 먼저 와 있다"는 독백이 스친다. 물리적 거리와 별개로 어머니의 존재는 그녀의 내면에 각인되어 있다. 서지영은 아린에게 자신과 똑같은 퀼트 원피스를 입히고, 본인 이름으로 부르면서 마치 복제된 앤디 워홀의 메릴린 먼로처럼 딸을 만들고자 했다. 아린은 흑백의 먼로를 보고 그것을 자기에게 투영한다. 어머니의 관리와 통제 속에서 나만의 색깔은 바래버렸다는 깨달음. 아린은 비행기 옆자리에서 만난 낯선 남자(시인 김기진)와 대화를 나누는 가운데 이렇게 다짐한다. "나는 지금, 이 순간만 생각할 뿐 내일에 대한 계획 따위는 없다. 나는 '작은 서지영'이 아니라 '서아린'이니까." 모성을 가장한 폭력으로부터 탈출하여 자기 삶을 탈환하려는 의지의 표명이다.

「섬의 섬」은 더 극한 상황에서 여성 주체의 각성을 다룬다. 배경은 작은 섬마을. 새날은 장애가 있는 엄마와 함께 계부 장씨와 지낸다. 섬 주민들은 관광객에게 1박 3식을 제공하는 민박 패키지 여행 프로그램으로 생계를 잇는다. 장 씨도 마찬가지다. 문제는 그가 새날 모녀를 착취하면서 장사를 한다는 데 있다. 어릴 적부터 덤 취급을 받으며 설거지·청소·식사 준비까지 도맡아 해온 새날에게 장 씨는 밥값을 하라고 폭언한다. 새날의 엄마를 향해서는 "저깟 병신이 무슨 부인이냐"는 모욕을 퍼붓고 손찌검까지 일삼는다. 혹독한 환경에서 새날은 일꾼이자 고등학생으로서의 역할을 충실히 수행한다.

섬사람들 눈에는 예의 바르고 야무진 아가씨로 비치지만, 정작 새날은 그들이 나를 모르고 하는 소리일 뿐이라고 여긴다. 그녀는 가족과 공동체 안에서 타인이 규정한 역할을 연기하며 내면의 진짜 자신은 꽁꽁 숨긴 채 살아온 것이다. '섬의 섬'이라는 제목처럼, 새날은 고립된 섬마을 안에서도 동떨어진 자신만의 섬에 갇혀 있다. 그녀에게 놓인 선택지는 극단적으로 대비된다. 하나는 장 씨를 살해하고 굴레를 벗어나고 싶은 충동(폭력의 고리를 끊기 위해선 또 다른 폭력으로 맞설 수밖에 없을까? 이 같은 물음이 새날의 내면을 잠식하고 이야기 전체에 긴장감을 드리운다.), 다른 하나는 폭력을 견디면서 바깥의 삶을 꿈꾸는 길이다. 고민 끝에 새날은 무기력한 희생자로 남지 않기로 결심한다.

「리유화는 모른다」는 앞의 두 작품과는 또 다른 가족의 형태를 다룬다. 주인공 리유화는 조선족 출신 여성으로, 한국

남성과 (계약)결혼을 한 상태다. 리유화의 남편은 커밍아웃하지 않은 성 소수자다. 두 사람은 법적으로는 부부지만 실질적으로는 서로의 삶을 터치하지 않는 동거인 관계를 유지한다. 갈등이나 적대보다는 안정된 공존의 형식이다. 그럼에도 리유화의 마음은 은별의 생부를 만나지 못하는 데에서 오는 공허감으로 헛헛하다. 이러한 와중에 그녀는 고향 연변으로 딸과 함께 다녀올 계획을 세운다. 단순한 여행이 아니라 리유화가 오랫동안 미뤄 온 과거와 마주하기 위한 결단이다. 그녀는 이번 기회를 은별의 친부와 재회하는 실마리로 삼고자 한다. 이는 은별에게 뿌리와 대면하도록 하는 일이자, 자신에게도 잃어버린 삶의 일부를 되찾는 작업으로 볼 수 있다.

한데 의도치 않게 연변행은 그녀가 그동안 마음의 기댈 곳으로 여겨왔던 원 가족에 대한 환상을 무너뜨리는 계기가 된다. 한국에서 힘들게 번 돈을 부쳐주었지만, 그것이 가족의 생활을 지탱하기보다 흥청망청 쓰이며 소진되었음을 알게 되면서, 리유화는 실망감을 느낀다. 어디에도 속하지 못하는 자신의 처지를 선명하게 자각하는 것이다. 그럼에도 리유화는 주저앉지 않는다. 딸과 자신의 삶에 진실을 되찾겠다는 의지는 확고하니까. 이 과정에서 그녀는 죄책감과 희미한 희망이 교차하는 복잡한 심경에 사로잡힌다. 제목이 암시하듯, 리유화는 자신을 둘러싼 많은 것을 모르고, 앞으로도 모를 것이다.

그러나 모른다고 해서 멈춰 있을 수는 없다. 알기 위해 그녀는 움직인다.

다시 그리는 청춘의 지도

성장통의 길목에 서 있는 청춘도 강미 소설집의 주요 인물군이다. 이들은 어린 시절을 뒤로 하고 성인 세계로 넘어가는 과정에서 저마다의 시름과 열망을 마주한다. 입대를 앞둔 청년, 부모의 부재 속에 홀로 어른이 되어가는 소녀 등 「송별」, 「매직 아워」, 「환승」의 인물들은 마음의 진자를 경험한다. 「송별」의 영진은 입영 통지서를 받았다. 군대에 가야 한다는 사실보다 그를 괴롭게 하는 일은 따로 있다. 어머니가 새로운 남자와 교제한다는 이야기를 들은 것을 포함해, 그간 사귀어 온 동성 연인 정환과의 미래도 불투명해진 까닭이다. 그러는 가운데 어머니가 운영하는 횟집에 들렀던 손님 커플 중 한 명이 바다에 빠져 구조대가 출동하는 사건까지 벌어지면서 삶과 죽음, 사랑과 이별을 둘러싼 시련이 한꺼번에 영진을 흔들어 놓는다.

송별회에 오지 않은 정환에게 영진은 "솔직히…… 기다렸는지 안 오길 바랐는지 모르겠어요."라고 말한다. 이별의 아픔을 피하고 싶은 비겁함, 정환에게 상처 주기 싫은 배려가 혼란스럽게 뒤섞여 있다. 어머니에게 생긴 새 남자친구와의 만남도 영진에게 감정의 파문을 일으킨다. 그는 안온한 세계와 마침내 결별하지 않으면 안 된다.「송별」에서 인상적인 요소는 겹겹의 헤어짐 앞에서 영진이 어떠한 성숙을 맞이하는가 하는 점이다. 예컨대 정환이 닫은 문소리가 텅 울리는 장면은 한 시절이 끝났음을 알리는 표지로 기능한다. 영진은 하나의 긴 터널을 빠져나온 듯, 뒤돌아갈 수 없는 지점에 다다른 자신을 자각한다. 주상절리가 바닷물에 깎이며 조금씩 형상을 바꿔가듯, 그도 이별의 자장 속에서 자신을 재구축한다. 떠나보내기 싫은 것을 떠나보내는 과정을 받아들여야만 하는 어른의 자세를 배우는 것이다.

「매직 아워」의 은결은 아빠가 교통사고로 중환자실에 입원한 후 이모와 살고 있다. 아직 보살핌이 필요한 학생임에도 빨리 철들어야만 했던 소녀. 그런데 오랫동안 인연을 끊다시피 지내던 엄마가 불쑥 연락을 취한다. TV 모금 프로그램에 출연하라는 통보다. 병원비 등 경제적 형편이 나아지는 데 도움이 될 수 있는 기회였지만, 한편으로는 자신의 삶이 방송 사연으로 소비되는 것에 대한 거부감이 든다. TV가 내보내는 장면이 현실의 일부만 잘라내 포장되는 과정을 은결이 알고 있기 때문이다. 사전 조율을 위해 내려온 최 작가는 다행히 은결의 입장을 존중하는 인물이었다. 그녀는 은결의 목소리를 직접 들으면서 속 깊은 대화를 시도한다.

방송 제작 현장에서는 사전 인터뷰라는 명목으로 출연자의 사생활을 파고들어, 이를 향후 연출에 맞게 재가공하는 일이 많다. 최 작가는 그런 방식을 의도적으로 배제하고 은결의 생활을 잠시나마 공유하였다. 그녀는 은결이 방송 출연 여부를 스스로 결정할 수 있도록, 선택의 시간을 보장하는 것을 원칙으로 삼는다. 또한 은결에게 매직 아워의 의미를 알려주기도 한다. 매직 아워는 일출 전과 일몰 후, 빛과 어둠이 교차하며 세상을 아름답게 비추는 찰나를 가리킨다. "매직 아워가 자신이 사랑하는 풍경이 펼쳐지는 시간이라는 게 새삼스레 좋았다. 부드럽고 따뜻한 그 무엇이 마법처럼 자신을 감싸는 느낌이 들었다." 덕분에 은결은 매직 아워에 새삼 감동한다.

그렇지만 은결은 방송 촬영을 끝내 거부한다. "- 촬영은 없던 일로 해 주세요. 제 매직 아워는 제가 만들어 가겠습니다. 늦게 말씀드려 죄송합니다." 이렇게 그녀는 최 작가에게 메시지를 보냈다. 최 작가와 나눈 대화는 은결의 마음을 여는 계기가 되었지만, 그것이 곧 대중에게 자신의 결핍을 전시하기를 허락한다는 뜻이 아님을 되새긴 것이다. 은결은 방송의 환한 조명 속으로 들어가는 대신, 자신이 창조한 매직 아워의 시간대에 머물기를 바랐다. 그녀는 사연의 대상자에서 자기 서사의 주인공으로 탈바꿈한다. 이 같은 장면은 「매직 아워」가 품은 질문-타인의 시선과 편집 속에서 살아갈 것인가, 불완전하더라도 자신만의 방식으로 삶을 써나갈 것인가를 응축한다.

「환승」의 은해 가족은 집을 개조해 놀이방을 창업하기로 한다. 가족이 운영하던 마트가 폐업한 상황에서 별다른 대안이 없었기 때문이다. 마침 보육교사 자격증이 있던 은해는 놀이방 사업에 자연스레 동원된다. 한편 은해의 언니 정해는 국비 지원으로 어학연수를 마친 후 막 귀국한 상태다. 그녀는 가족에게 말 못 할 사연으로 목돈을 마련해 왔는데 은해는 그러한 언니가 낯설게 느껴진다. 가족에게 닥친 고난이 현실의 무게를 짐 지우는 가운데, 그녀를 잠시나마 해방시켜 주는 것은 연애다. "가난하고 공부도 못하는 내가 주인공이 되는 유일한 길을 왜 마다하겠는가. 누군가의 욕망의 대상이 되는 짜릿함을 포기할 이유가 있는가."

은해의 오랜 친구 준영은 "멋진 도령으로 갈아타시면 되옵니다."라면서 자기와 사귀자고 너스레를 떤다. 그러한 호의를 즐기면서도 은해는 쉽게 곁을 내어주지 않는다. 한쪽으로는 조건에 구애받지 않는 로맨스를 꿈꾸지만, 다른 한쪽으로는 더 나은 남자·개선된 삶에 대한 욕심을 포기하지 못하기 때문이다. 은해의 연애관은 이른바 괜찮은 삶을 향한 갈망과 불안을 반영한다. 사랑이 어떠해야 한다는 낭만적 관념도 그녀에게는 사치일 뿐이다. "지고지순한 사랑? 지금이 어느 시대라고, 개나 줘버려야 한다." 은해는 사랑의 판타지를 깨뜨리면서 현실과 타협한 지 오래다. 자기방어적 냉소는 그녀가 겪어온 고단한 성장 환경과 무관하지 않다.

하루하루 생존을 걸고 은해 가족은 거듭 갈아타기를 해왔다. 직업을 갈아타고, 집을 갈아타고, 인간관계를 갈아탄다. 변덕이나 무책임이 아니라 살아남기 위한 몸부림이다. 정해의 비밀 역시 이 같은 맥락에서 이해된다. 순진하고 바르기만 할 것 같았던 그녀가 돈을 얻기 위해 어떤 행동을 했는지 드러나면서 은해는 생각한다. "언니의 갈아타기는 그렇게 나타나는 걸까?" 물질적 가치를 얻기 위해 소중한 무언가를 포기해야 했을 언니의 경험은 은해에게 남 일로 치부할 사안이 아니다. 이 작품은 청년 세대가 겪는 체념의 면면을 사실적으로 포착한다. 그렇다고 거기에 내재한 희망의 끈을 놓아버리는 것은 아니다.

은해 가족의 새 출발이 성공을 거둘지 장담할 수 없지만, 적어도 그들은 머리를 맞대고 난제를 풀어가려 노력하는 중이다. 은해 또한 "내가 원하는 목적지가 어딘지 모르겠"다고 혼란스러워하면서도, 더 나은 방향으로 환승할 수 있으리라는 소망을 내비친다. 사랑이든 일이든, 그녀는 계속해서 갈아 타며 앞으로 나아갈 것이다. 그것은 드라마틱한 반전이 아니라, 매일의 작은 선택 속에서 서서히 모양을 갖춰 간다. 갈아 타기는 형편이 좋은 자리로 옮겨가는 일이라기보다, 함께 버티고 웃을 수 있는 발판을 놓는 과정이다. 그러면서 언젠가 원하는 목적지를 좀 더 분명히 그려낼 날이 오리라는 믿음을 쌓아가는 것이다.

돌아오지 않는 것들과 함께

 어떤 관계는 한 번 금이 가면 되돌릴 수 없고, 어떤 상처는 아무리 시간이 흘러도 아물지 않는다. 가족이든 부부든 타인이든 다 마찬가지인 인간 관계의 취약성과 도덕적 딜레마에 천착한 작품이 「못 죽」과 「황금 잉어」다. 「못 죽」의 수완은 사회단체에서 일하는 활동가이고, 미영은 수완의 고모로 은퇴한 유치원 교사다. 수완은 일찍이 어머니를 여의고 아버지와도 연을 끊은 뒤, 아르바이트로 생계를 꾸리며 살아왔다. 그녀의 삶에는 경제적 어려움이 그림자처럼 따라다녔고, 현재는 전세 사기까지 당해 통장 잔고가 바닥나고 말았다. 그러한 수완이 마지막으로 기댈 곳이라 생각하고 찾아온 것이 미영의 집이다. 이 작품은 두 사람이 부대끼는 시간을 차분히 그린다.

비 오는 날 둘이 나란히 앉아 밖을 바라보는 장면 등에는, 한때 가까웠던 고모-조카 사이의 어색한 공백과 여전한 정이 같이 묻어난다. 수완은 어릴 적 미영이 들려주던 옛이야기를 떠올리며, 외로운 사람끼리 같이 살면 어떨까 하는 농담 섞인 속내를 비춰 보이기도 한다. 고모가 과연 자기 부탁을 들어줄 수 있을까? 애초에 이러한 부탁을 해도 되는 걸까? 수완이 망설이는 사이 두 사람 내면에 쌓인 외로움이 점차 부각된다. 미영은 조카의 방문이 반갑지만, 자신이 아무 힘이 되어 주지 못할까 두렵다. 그러는 동안 하늘에서는 장대비가 쏟아져 내린다. 빗소리를 배경으로 수완은 꾹 눌러 왔던 감정을 폭발시키고 만다.

"나 열심히 살았어, 진짜. 명품 가방 든 적 없고 변변한 화장품 하나 없이 지내도 늘 뿌듯했어. 남 위해 사는 게 좋더라고. …… 그런데 고모, 이제는 …… 나 거지 됐어. 이제 쪽방촌에 살게 될 거야. 정말, 정말이지 열심히 싸웠는데 이런 끝은 너무하지 않나." 수완의 울분 섞인 고백은 그녀가 세상과 자신에게 던지는 항변처럼 들린다. 잘못한 것 없이, 오히려 남들을 돕고 바르게 살았는데 돌아온 것은 빈털터리 신세라는 현실. 부조리함에 대한 분노와 슬픔이 한꺼번에 북받쳐 그녀는 통곡한다. 미영은 조카를 끌어안는다. 그러나 이 작품은 따뜻함만 강조하지 않는다. 수완이 빌려주기를 바랐던 미영의 돈은 그녀의 수중에 없다.

동정심을 자극한 오빠에게 미영은 돈을 내어준 상태였다. 수완은 미영의 말을 들으며 고개를 끄덕이지만, 마음 한구석에서는 재빨리 다른 계산이 돌아가고 있었다. 그녀는 자신이 신뢰할 수 있는 것은 당장의 거처와 생활비라는 결론에 이른다. 아버지에게 흘러간 고모의 돈은 되돌아오지 않을 것이다. 그렇다면 남은 수순은 이 집에서 최대한 오래 버티기, 언젠가 고모의 생명보험 수익자를 자신으로 지정하는 방법 등을 모색하는 일이다. 미영에게 중요한 것은 못 죽을 끓이는 것을 알면서도 그를 외면하지 않는 윤리의 견지였고, 수완에게 중요한 것은 어떻게든 살아보겠다는 생존 의지였다. 빗방울이 떨어지는 동일한 풍경을 바라보고 있지만 두 사람은 상이한 목적지를 가슴에 품는다.

「황금 잉어」는 상실의 여파를 전경화한다. '나'는 어린 아들을 잃은 어머니다. 사고 뒤 그녀의 삶은 뿌리째 흔들렸고, 남편과의 관계도 균열로 가득하다. 그러던 차에 '나'는 붕어빵(잉어빵) 손수레를 인수한다. 빵틀에서 노릇노릇 구워지는 작은 물고기 모양의 빵들은 겉보기에는 겨울철 흔한 간식일 뿐이지만, 그녀에게는 잃어버린 아이를 떠올리게 하는 상관물로 작용한다. 그녀는 반죽을 붓고 빵을 구우면서, 슬픔을 반추하는 삶을 버텨낸다. 그녀의 일상은 장사하며 마주치는 이웃과의 작은 교류 속에서 갱신의 조짐이 보인다. 은산 할매나 정 노인 등과 주고받는 대화, 아이들이 와 빵 먹는 모습을 지켜보는 일이 그렇다. 잔잔한 연대감이 그녀를 한 발자국씩 현재의 삶으로 불러낸다.

작품의 또 다른 전환점은 남편과의 전화다. 먼 곳에서 온 전화는 길지 않았지만, 목소리 너머로 전해진 남편의 심정이 '나'의 마음을 울린다. 기대감이 마음속에 스며든다. 그와 진지하게 대화하고 싶다는 동기가 새삼스레 생겨난 것이다. 그것은 인생을 충실하게 살아내겠다는 의욕이기도 하다. 아들을 지키지 못했다는 죄책감은 평생 남을 수밖에 없지만, 죄책감마저 삶의 일부로서 안고 살기로 결심하기. 빵틀에서 모락모락 피어오르는 김처럼, 그녀의 마음에도 다시 온기가 피어오른다.「못 죽」과「황금 잉어」는 돌이킬 수 없는 상처와 함께 살아가는 법을 그린다. 전자는 가족에게서 받은 배신과 상처, 후자는 갑작스러운 사고로 인한 참척이라는 차이가 있지만, 둘 다 쉽게 고칠 수 없는 영혼의 상흔을 품고 있다.

이들이 공통적으로 보여주는 것은 인간을 향한 연민과 그에 바탕을 둔 강인함이다. 비애에도 불구하고 주변을 향한 온정의 시선을 거두지 않는 태도야말로, 비극을 통과한 이들이 보여주는 숭고함일 것이다. 때로는 질문에 대한 아무 답도 얻지 못한 채 그저 살아내야 하는 것이 삶이라는 냉엄한 진실을 작가는 핍진하게 그려낸다. 그러나 마지막 페이지를 덮을 때쯤 절망의 끝에서 한 줄기 위안을 느낄 수 있다. 회복 불가능한 상처라도 함께 짊어지고 갈 누군가가 있다면, 스스로를 덜 미워할 용기가 다소나마 생겨난다면, 인생이 지속될 수 있다는 격려가 조용히 전해지기 때문이다.

이 소설집의 인물들은 선악의 전형이 아니라 결함과 매력을 함께 지닌 입체적 인간이다. 그래서 주변에서 한 번쯤 본 듯한 익숙함과 동질감을 감지할 수 있다. 물론 여기에 수록된 단편들이 모두에게 똑같은 울림을 주리라고 속단하지는 못한다. 어떤 이는 이야기의 잔잔한 마무리에 아쉬움을 느낄지도 모른다. 그렇지만 작가가 의도한 바는 아마도 삶 자체의 미지를 담아내는 데 있었을 것이다. 꽉 매듭지어진 작위적 결말이 아닌, 현실의 이야기들은 계속되고 사람들은 각자의 방식으로 내일을 맞이한다는 사실을 존중하는 자세가 필요하다는 말이다. 더불어 이 책은 작별 인사를 건네야 다음 인연으로 나아갈 수 있고, 과거의 자기와 헤어져야 한 단계 성장할 수 있다는 메시지를 전한다. 그러는 데 눈물과 한숨이 뒤따르지만, 그 자리를 환한 웃음과 새 희망이 메울 수도 있다는 실마리 역시 제시된다.

안녕. 그리하여 누군가의 입술을 통해 건네지는 짧은 인사가 다층적 함의를 가질 수 있는 것이다. 자신의 이름을 되찾은 아린처럼, 작별 의식을 힘겹게 치르며 새로운 출발점에 선 영진과 은결처럼, 자기희생과 헌신으로 살아가는 미영처럼, 황금 잉어를 목표 삼아 다시 걸음을 뗀 '나'처럼, 더 깊고 단단해진 자신만의 이야기를 써나갈 수 있을 것이라는 주제를 공유하면서. 어제의 나를 내려놓는 일, 더는 함께할 수 없는 사람과 정을 놓아주는 일, 실패와 후회를 삶 속에 봉인하는 일-모든 행위가 다음 걸음을 위한 준비다.『못 죽』의 인물들은 각자의 속도와 경로를 따른다. 어떤 인물은 뒤돌아보며 천천히 걸어 나가고, 어떤 인물은 눈을 질끈 감고 뛰어간다. 그렇게 어제와 오늘 사이를 건너, 각자의 내일로 향한다. 그러므로 안녕, 그리고 안녕.

작가의 말

 먼 이야기다. 울산 방어진에서 첫 직장생활을 했다. 등대가 옆에 있었고 노을과 파도 소리가 건물 깊숙이까지 넘나드는 곳이었다. 눈만 들면 온통 바다였는데 늘 예뻤고 때론 황홀했으며 가끔은 장엄했다. 심미적 공간인 바다는 해녀들과 고기잡이배가 드나드는 생활의 터전이기도 했다. 이들의 작업이 맞닿은 항구도 일하는 사람들로 넘쳐 경매, 좌판, 그물수선, 횟집 들에서 생업에 힘을 쏟았다. 스물네 살 사회초년생은 자연의 아름다움과 생업의 거룩함 사이에 좌표를 찍고 나름의 세계를 향해 꿈틀거릴 수 있었다. 현재가 좋았고 앞날도 밝아 보였다. 그런데 얼마 지나지 않아 거대한 펀치를 맞았다. 그해 여름 아버지가 돌아가시고 몇 달 지나 남동생이 갑자기 세상을 떴다. 의무경찰 업무 수행 중 교통사고를 당했다. 운명이라 해도 신의 계획이라 해도 도저히 받아들일 수 없었다. 하늘에 종주먹을 들이대고 바다를 향해 돌을 던졌다. 길을 걷다가, 밥을 먹다가, 수업하다가 울컥 눈물이 났고 밤마다 소리 내어 울었다. 인생에 이제 더 이상의 기쁨이나 행복 따위는 없을 거라 생각했다. 소설이 유일한 숨구멍이었지만, 영혼이 뒤틀렸으니, 제대로 된 글을 쓸 수 없었다.

하지만 살다 보니 웃는 날, 좋은 날이 찾아오기도 했다. 내가 귀중한 사람이라는 걸 알게 되고 여린 생명을 낳고 기르는 일도 하게 되었다. 결혼과 육아를 통해 자존감, 기쁨, 사명감 같은 말들이 신비롭게 나를 감쌌다. 뒤통수를 후려쳤던 생이 천연스러운 표정으로 다시 내미는 손을 나는 잡았다. 해야 할 일과 하고 싶은 일 사이에서 중심을 잡아나가며 앞으로 나갈 수 있었다. 그러자 오랫동안 짝사랑했던 소설도 반응해 주었다. 등단작을 시작으로 오랫동안 청소년소설을 썼다. 학교가 일터였고 청소년의 엄마였고 청소년 자식을 둔 친구들이 많았기에 자연스럽게 그리됐다. 청소년소설을 매개로 아이들과 소통하는 게 보람 있었고 교사와 작가가 선순환하는 행복한 경험도 누렸다.

물론 좋은 날이 그냥 찾아오지는 않았다. 함께 삶을 일구어온 가족이 없었다면 불가능했을 것이다. 뜨거운 고마움을 전한다. 어쩐지 민망하여, 여러 권 책을 내면서도 번번이 놓쳤던 인사를 이제야 한다. 긍정과 온화함을 몸소 보여주시는 시부모님께도 감사 인사를 드린다. 특히 무한한 지지와 응원을 보내주셨던 우리 아버님, 부디 오래오래 행복한 삶을 누리시길 바란다. 책을 내주신 실천문학사와 해설을 써주신 허희 평론가님, 작업공간을 내어줬던 토지문화관, 막바지 작업을 도와준 '나비우리' 도반님들께도 감사드린다.

   세월이 흘러도 내 안엔 스물두 살 청년으로 박제된 동생이 늘 있다. 그래서였을까? 청춘의 삶을 앗아간 재난에 민감하게 반응하고 생을 끝낼 뻔했던 청춘들에겐 안타까움과 고마움이 유달리 크다. 거기에 보태져 내가 지나온 터널이자 자식과 제자들의 시간에 머문 눈길들이 모여 소설 한 권이 되었다. 은결, 새날, 아린, 영진, 은해, 수완, 민하, 유화. 부디 이들이 오늘을 열심히 살아가는 청년들의 마음에 닿고 응원이 되길 바란다. 앞선 세대로서 청년들의 현재가 안정적일 수 있도록, 미래가 절망적이지 않도록 애쓰겠다는 마음도 다진다.

2025년 겨울 길목에서 강미

실천문학 소설

못 죽

2025년 11월 10일 1판 1쇄 박음
2025년 11월 20일 1판 1쇄 펴냄

지은이	강 미
펴낸이·편집장	윤한룡
디자인	윤려하
관리 영업	이소연
홍보	고 우

펴낸곳	(주)실천문학
등록	10-1221호.(1995.10.26)
주소	남양주시 퇴계원읍 퇴계원로 52 405호
전화	02-322-2161~3
팩스	02-322-2166
홈페이지	www.silcheon.com

ⓒ 강미, 2025

ISBN 978-89-392-3184-9 03810

울산광역시 울산문화관광재단

이 책은 울산광역시, 울산문화관광재단 '2025년 예술창작활동 지원사업'의
지원을 받아 발간되었습니다.

이 책 내용의 전부 또는 일부를 재사용하려면
반드시 지은이와 실천문학 양측의 동의를 받아야 합니다.